C’est peut-être ça l’amour

PHILIPPE ADLER	*ŒUVRES*
DRÔLES D'OISEAUX	
BONJOUR LA GALÈRE !	*J'ai lu* 1868**
C'EST PEUT-ÊTRE ÇA L'AMOUR	*J'ai lu* 2284***
LES AMIES DE MA FEMME	

Philippe Adler

C'est peut-être ça l'amour

Éditions J'ai lu

A Lucienne et Jacques
qui risquent d'être consternés,
une fois de plus.

— Bonjour Papa !
— Salut ! Toujours vierge, ma fille ?
— Toujours, Papa !
— Bien, bien. Va prendre 50 francs sur mon bureau.
— Merci, Papa !

Alexandre, mon père, s'est juré de m'amener vierge jusqu'à mon dix-septième printemps. Noble idéal. J'ai seize ans trois quarts. Jusqu'à maintenant, d'un côté comme de l'autre, il n'y a pas eu de mérite exceptionnel, les choses du sexe ne me préoccupant pas trop. Mais, pour parler franc, depuis quelques semaines, l'explosion printanière sans doute, les risques ont tendance à s'amplifier et Papa qui a des antennes genre paraboliques le pressent parfaitement. Alors, il soudoie, concessionne, flatte l'encolure et lâche les primes facile.

Mon père, si vous avez lu les Mémoires de mon frangin Stéphane vous le connaissez déjà. Quarante balais. Brun, œil bleu. Grosses bacchantes. Toujours le cigare au bec. Marxiste, tendance Groucho. Epicurien à tous les étages. Flambeur. Gaffeur. Brouillé avec la moitié de la capitale. Marié deux fois. Avec la première, Maman, ça n'a pas vraiment seccotiné. Avec la seconde, Isabelle, ça baigne, ça roule, ça roucoule. Comme le dit Maman : « Il n'y en avait qu'une sur la terre à pouvoir le supporter et il l'a trouvée. Elle sera canonisée cette femme ! » Isabelle et Maman s'entendent bien. Zar-bi mais c'est comme ça.

Donc, ce jour-là, quand je rentre du lycée — je suis en seconde et je viens tout juste d'éviter la redoublette —, Papa est dans la cuisine. Et ça sent bon. Genre La Mère Besson à Cannes. Herbages de Provence. Basilic. Serpolet. Romarin. Thym et laurier.

— Qu'est-ce que tu prépares ? je demande, alléchée.

— Un lapin à ma façon, répond Papa cool.

— Ah bon, je soupire.

— Quoi, ah bon ?

— C'est le troisième cette semaine Papa et on n'est jamais que mercredi.

— Et alors ? Et alors ? Il est en promo, en ce moment, le lapin chez Leroux. Alors, on en profite.

Et ça y est, brusquement, l'auteur, enfin le coauteur de mes jours, de monter au créneau. Et de se frapper les hanches au risque de faire tomber la cendre de son N° 4 dans la cocotte où fricasse le Bugs Bunny.

— Putain ! Vous me gonflez tous ! Estimez-vous heureux de bouffer du lapin ! Bientôt, y aura plus que les nouilles !

Les nouilles ? Disons plutôt les pâtes fraîches. Car, si l'on glisse vers le gouffre, on le ferait plutôt avec clâsse. Et par paliers successifs.

Alexandre, je l'ai toujours connu fauché. Seulement voilà, ça irait plutôt en empirant. Comme le déficit du commerce extérieur. De même qu'on nous achète moins de camemberts, d'Exocet et de bérets basques, de même confie-t-on de moins en moins de petits travaux de presse à mon père. Il est chroniqueur musical. Un métier en perdition. Aujourd'hui, les gens n'écoutent plus la musique, ils la regardent. Alors, ceux qui en parlent ? Et puis, il est toujours resté très jazz.

Le rock, au début Papa ça l'avait bien branché. Seulement, il a été trop gâté. Il a pris le thé avec les Beatles, s'est bourré avec les Rolling Stones, a fait les plages de Brighton avec les Who, l'île de Wight avec Dylan et il a dansé le reggae avec Bob Marley. Alors, évidemment aujourd'hui, il a tendance à faire la fine bouche devant les Bronski Beats et autres Simple Minds qui nous plaisent à nous les jeunes mais qui, d'après lui, ne font que régurgiter le message des Grands Anciens.

A part cela, mon paternel écrit des chansons. Mais les écrire, c'est pas tout, faut aussi les placer. Et Jeanne Mas n'a jamais eu l'idée de lui en demander une. Salope, hein ?

Enfin bref, on ne va pas en faire la rue Michel. Comme me l'a expliqué mon grand-père un jour, dans notre famille, on est raide de père en fils et ça n'a jamais empêché le bonheur. D'accord, d'accord, et dans le lapin, y a moins de graisse que dans le bœuf.

Et puis, pour tout dire, même si on a du lapin tous les jours, d'abord c'est jamais le même et puis Papa l'accommode chaque fois de façon différente. Le lundi, c'est à la tandoori. Le lapin est rouge et il arrache. Le mardi, c'est à la moutarde de Meaux. Le lapin est jaune et il arrache. Le mercredi, c'est aux herbes. Le lapin est terre de Sienne et il arrache.

Le mercredi, on ne dîne jamais avant 20 h 37. Parce qu'il y a le loto. A 30 pile, Papa abandonne ses fourneaux, allume la télé et vient s'asseoir sur le lit. En nous expliquant que s'il a les cinq numéros plus le complémentaire — il a définitivement renoncé aux six numéros —, on part illico bouffer le foie gras chez l'Ami Louis, le homard chez Faugeron, le perdreau chez Morot-Gaudry, les fromages chez Androuet et les pâtisseries chez Lenôtre.

Et puis, à l'instant où apparaissent les nanas, vous savez celles qui font tomber les boules en disant qu'il y a une vue superbe depuis le 56e étage de la Tour Maine-Montparnasse, Papa se jekyllise et devient un véritable obsédé textuel. Il apostrophe Annie Poirel, ou l'autre, Eve Biazzi, en les traitant de salopes, de chiennes ludiques, de tripoteuses de boules, et qu'elles feraient bien de faire enfin tomber ses numéros à lui because sinon il va leur arracher la petite culotte avec les dents et tout et tout.

A 37, on est dans la cuisine et on dîne en silence. Moi, ça me permet de rêvasser à ce qu'il a dit mon Papa. Et, depuis quelque temps, je me dis que se faire arracher sa petite culotte avec les dents peut-être bien après tout que ce n'est pas si désagréable que ça.

— Demain soir, annonce Papa en suçant son râble, y a un bon dîner.
— Ah bon, on fait.
— Du lapin chasseur ? demande Isabelle.
— Non.
— Du lapin en cocotte ? suggère Steph.
— Non.
— Du lapin en terrine ? j'achève.
— Oui, dit Papa, mais juste pour débuter. Après, je fais poulet.
— Ouaouh, terrible ! commente Steph. Y a des invités ?
— Exactly mon poteau.
— Qui ? on demande.
— Les Lalicorne.
— Quoi ? on s'étouffe Steph et moi.
— Ouais, dit Papa.
— J' dîne pas là, annonce Steph, visage glabre.
— Moi non plus, je surenchère. Je retourne chez Maman.
— Pas question ! Vous serez là tous les deux.
— C'est pour vous qu'on donne ce dîner, médiatise Isabelle.
— Quoi ! râle Steph. Mais on ne peut pas les encadrer les Lalicorne.
— Nous non plus, soupire Isabelle.
— Eh ben quoi alors ? Vous êtes masos ?

— C'est rapport aux vacances, laisse tomber Papa en attaquant le calendôs de chez Heureux Potin qui est plus crayeux que les falaises de Dieppe, un soir de pleine lune.

— Quoi, les vacances ? On descend aux Issambres, non ?

— Non, pas cette année.

— Et on va où ?

— On va, on va nulle part. C'est les Lalicorne ou Paris.

— Paris, laisse tomber Stéphane.

— Tu iras où je te dirai d'aller, dit Papa et le ton monte.

— Je n'irai pas chez les Lalicorne. Je ne peux pas les piffer. — Un silence —. Et puis, je suis majeur après tout.

— Majeur oui, mais majeur glandeur. Tu as dix-neuf ans mais tu n'as jamais rien fichu de tes dix doigts. A ton âge, Roberto Benzi dirigeait déjà l'Orchestre de l'Opéra, Brenda Lee avait enregistré « Dum-Dum », Boris Becker avait battu Connors, Fabius avait fait La Tête Et Les Jambes, Onassis avait des pétroliers et De Gaulle savait qu'il serait Général. Toi, tu redoubles ta deuxième année de Droit et tu vis à nos basques, à nos crochets, à nos dépens.

— Soit. Je travaillerai. Je ferai mitron, maton, micheton.

— Avec la palmeraie que tu as dans la main, ça m'étonnerait, rigole Papa.

Steph s'écrase. Faut dire que comme lézard, on fait pas mieux. Le modèle comme ça, il y a des années qu'ils ne le vendent plus quai de la Mégisserie. Trop contagieux. Le lézard tsé-tsé, ça s'appelle. Vous le posez n'importe où, il s'endort. Le seul reptile qui hiberne le 15 août.

Et puis, les études n'ont jamais branché Steph. Sa

principale préoccupation, c'est la dix-septième lettre de l'alphabet. Celle qui crèche entre le P et le R. Il faut dire qu'il est plutôt beau gosse le frangin et les filles ont toujours préféré un joli cancre à un diplômé boutonneux. Et Steph, l'acné, il n'a jamais fréquenté. Il afficherait plutôt le côté rebelle, tendance James Dean ou les jeans, vous savez, sur sa peau était marqué Loïs. Alors il en profite. Il sort toujours des nanas super-belles qu'il va draguer au Bus. Sauf deux mois avant les examens. Là, il change son fusil d'épaule, laisse tomber les Scandinaves et n'accorde plus ses faveurs qu'aux bûcheuses, à celles qui n'ont pas raté un cours et vont, transies d'amour, lui refiler leurs polycopiés annotés, leurs fiches-résumés, leurs cahiers pleins de courbes et leurs corps qui en manquent. Mais, on ne rattrape pas en un mois et demi l'effort de toute une année et Steph se plante, entraînant dans sa chute les studieuses qui, elles, en un mois et demi de stupre, oublient l'effort de toute une année.

— Et on irait où avec ces Lalicorne ? grogne le frère.

— Dans leur maison. A La Baule.

— Beurk.

— Comment peux-tu dire cela, Steph ? s'indigne Papa. La Côte d'Amour, c'est un pays de rêve. La Baule, Le Croisic, Pornichet, Le Pouliguen. Le pays de la crevette et de la planche à voile. La terre où j'ai perdu mon pucelage.

Alors là, soudain, chez moi, ça fait tilt. Parce que la région, j'en ai déjà entendu parler. C'est là que l'été dernier, Sandrine, ma copine, a perdu sa petite fleur. Et maintenant Papa. Y aurait-il, en Loire-Atlantique, un climat spécial qui fait que ?... Il va falloir que j'interroge Sandrine dès demain matin. Enfin, un but pour aller au bahut.

Mais Steph ne dételle pas.
— Et tu crois que les Lalicorne vont nous inviter comme ça ? Tous les quatre ? Plus Fox-Trot ?
Fox-Trot, c'est le chat.
— Ouais, tranche Papa catégorique.
— Et pourquoi ?
— Parce que je les fascine.
— Tiens donc !
— Ouais, je suis tout ce qu'ils ne sont pas.
— Quoi, par exemple ? demande Steph. Fauché ?
— Juste. Fauché.
— Et quoi d'autre ?
— Intelligent. Alors qu'eux sont idiots, définitivement cons même.
— Ça, c'est bien vrai, je risque.
— Raphaële ! Je t'en prie ! Un adulte peut formuler des idéogrammes qu'une enfant n'a point à exprimer.
— Une enfant ? Une enfant ? Non mais tu as vu mes seins, Papa ?
Et je bombe le torse. C'est vrai que j'ai déjà des seins qui tiennent la route. Plutôt pas mal même, même si personne ne les a encore vus. Quand je vais à la salle de bains, je tire le verrou. Propriété privée. Je ne suis pas la Beccarie des eighties, moi. Y a que mon fiancé qui les verra. Enfin lui et les suivants.
Papa me dévisage, l'air grave. Je lui souris, il est attendrissant ce mec.
— Raph ?... Tu n'as pas... Tu n'as pas fait de bêtises au moins ?
— Mais non, Papa, rassure-toi, tout est sous contrôle.
— Alexandre, tu es ridicule, lance Isabelle. Fiche-lui donc un peu la paix.
— Tu vas finir par la traumatiser à la longue, intervient Steph à son tour. A force de lui parler de son machin, tu ne peux que lui donner des idées.

C'est vrai, ça. Y a pas cinq minutes, j'y pensais. Papa pique du nez et proteste faiblement.

— C'est un jeu... C'est un jeu entre nous.

— D'accord Papa mais il n'est pas drôle ton jeu. Tu m'en parles tout le temps, merde à la fin. Je le ferai quand j'en aurai envie, un point c'est tout.

— Bon, bon, mais pas avant d'avoir dix-sept ans, hein, c'est promis ?

Il supplie presque. Touchant.

Stéphane, lui, grogne.

— Raph, si tu fais ça avant d'avoir trente ans, je t'arrache la tête. Vu ?

C'est qu'il est sérieux ce con-là. Jaloux et tout. Mais c'est pas ses oignons à ce mec.

— Tu sais Alexandre, suggère Isabelle qui cherche à faire diversion avant que je ne descende dans l'arène, en y réfléchissant bien, peut-être serait-ce mieux que Stéphane ne soit pas là demain. Avec son fichu caractère, il est capable de saborder toute notre opération avec les Lalicorne. Une fois que l'invitation sera tombée, on pourra toujours montrer le monstre.

Et en disant cela, elle fait un clin d'œil à Steph. Parce que l'autre, question susceptibilité, je vous raconte pas. Mais là, ça l'arrange, alors il ne bronche pas.

— Isabelle a raison Papa, dit-il.

Le père réfléchit. Suspens.

— Oui, c'est sans doute mieux ainsi. Et puis merde, il y a trois jours que vous campez là. Il serait peut-être temps d'aller embrasser votre mère.

— J'y vais aussi ? je demande.

— Non, non, toi tu restes. Tu iras là-bas vendredi.

— Je dirai à Maman de te préparer du lapin, narquoise le frangin.

Papa fait comme s'il n'avait rien entendu.

C'est son côté Beethov'.

Le dîner avec les Lalicorne s'est très bien passé. Isabelle et Papa n'ont même pas eu à tendre la carpe, c'est Harold qui a formulé l'invitation.

— Dis-moi Alexandre, il est carrément sublimissime ton lapin. Faut dire que ça nous change du Béluga. Tu fais la tambouille de mieux en mieux, tu devrais venir t'installer chez nous les soirs où on donne des dîners.

Wouaff, wouaff, drôle le mec hein avec son côté tout s'achète, tout se vend.

— Ou alors mieux, tiens oui mieux, pourquoi ne viendriez-vous pas passer quelques jours au bord de la mer en juillet ?

Papa, évidemment, en ronronne de bonheur mais fin stratège n'en laisse rien paraître. Poker-Face. Seulement voilà, on ne refait pas un flambeur et le père pensant avoir le jeu max fait tapis.

— Ouais, ouais, ce serait sympa, très sympa même mais nous avons un emploi du temps terriblement chargé en juillet.

Tu parles ! On pourrait sous-louer l'agenda Hermès. Ses pages sont aussi vierges que moi.

— Oh, débrouillez-vous. Venez passer deux ou trois jours.

Ouh là ! Halte à tout ! Papa sent le danger et balise aussi sec. Virage à 180°. Tête-bêche.

— Ben... Euh, on ne va quand même pas faire toute cette route pour deux ou trois jours.

— Venez plus longtemps, nous ne demandons que cela, minaude Josyane, épouse Lalicorne. Plus il y aura de monde, mieux ce sera. Il y a bien longtemps qu'Harold et moi n'avons plus rien à nous dire.

Et pan ! Tous aux abris !

— Ça tombe bien, reprend la balle au bond Papa, parce qu'en juillet, logiquement, nous avons les gosses. En août, ils seront avec leur mère mais en juillet, c'est nous qui...

— Pas de problème, interrompt Harold. Raphaële pourra aller à la plage avec Malvina et Didier. Evidemment, Didier est un peu plus jeune, il vient d'avoir quatorze ans mais Malvina et toi devez être nées la même année. Tu as quel âge, Raph ?

— Seize trois quarts.

— Ben, c'est parfait. Malvina vient tout juste d'avoir dix-sept ans, tu vois.

Je vois ? Je vois quoi ? Malvina, je l'ai rencontrée trois fois dans ma vie et ça n'a pas collé des masses. C'est le genre de pétasse que je ne peux pas sacquer. La greluche Neuilly-Auteuil-Passy. Hyper-maquillée. Puant le fric et tout. Le style tea-time chez Carette, crucifix apparent et feu au derche. Rolex et pompes Jourdan, anneaux Cartier, cuir Montana et décolleté Diamant Noir. Jouant les affranchies. A tout vu, connaît tout, jogge au Racing, brunche chez Allen, tutoie Mourousi, a sa boutanche chez Castel et parle sans arrêt de la VW décapot' avec téléfon qu'elle touchera le jour de ses dix-huit printemps. Conne, quoi.

— Oui, ben c'est très bien, je dis, boudeuse.

— Elle est mignonne ta fille, lance alors Harold en me dévisageant comme si j'étais une tête de veau, persil dans les oreilles, à l'étal.

Libidineux le mec. Cochon. Obscène. Enfin, peut-être que je pole-extra mais moi, Harold, avec son fric, sa graisse, sa Patek 18 carats, ses Carzou et ses Buffet encadrés Barbès, jamais je ne pourrais.

Ça vous étonne ce genre de réflexion ? Et alors ? Vous ne croyez pas qu'une nana de seize ans, ça fantasme parfois sur les amis de son père ? Oh ! Descendez de votre calèche, y a l' Concorde ! Le mec de quarante ans, ça a son charme. Et des dollars. Sauf Papa. De la tempe qui grisonne et de la patte d'oie d' gonzesse. Mélancolie dans l'œil à force d'en avoir vu de toutes les couleurs et éventuellement petite brioche oreiller. Aussi, m'est-il arrivé plus d'une fois de me demander si, avec l'un ou l'autre, le jour où je. Mais franchement non. Faut dire que dans l'entourage du père, ils sont tous fous frappés.

Prenez Tonton Rô-Rô, par exemple. Celui qui a montré à Stéphane les chemins de la vie. Eh ben, c'est impensable. D'abord lui, c'est pas quarante, ce serait plutôt cinquante. Autant dire qu'il est périmé, déclassé, oblitéré à outrance. Presque chauve avec des rouflaquettes grisonnantes. Eh bien lui, malgré sa tronche infernale, il ne sort que des minettes. Les filles de vingt-vingt-deux font la queue devant sa porte. Plus âgées, il les refoule. Trop d'heures de vol, il dit. Incroyable, non ? Son carnet d'adresses, le Who's Who à côté, on dirait une feuille de papier alu. Et lui, à chaque fois, bien entendu, il tombe amoureux fou. A s'en taper la tête contre les murs, à ne plus manger, à réveiller Papa à six plomb's du mat' pour en parler. Et la semaine suivante, il est avec une autre nymphette et ça repart comme en 14. En tout cas, moi, jamais. D'abord, même si c'est pas mon tonton, c'est mon tonton. Il a été là quand la galère prenait l'eau et ça, ça tisse des liens.

Alors ? Il y en a des qui, à ma place, se laisseraient tenter par Lado. 42 piges. Austro-Hongrois. Distinguished. Clâsse, un peu fin de race. Toujours bronzé, sapé chicos, pompes Weston, socquettes blanches, pull cachemire et yeux en amandes. Reporter-photo. Il a kodacké la terre entière. De Jean-Paul II à Belmondo, de Bernadette Chirac à Bernadette de Lourdes, de Michaël Jackson à Madonna. Et Madonna, tenez-vous bien, il ne lui a pas tiré que le portrait, if you see what I mean de crayon. Faut dire qu'avant de devenir N° 1 dans le monde entier — « Material Girl », « Into the Groove », eh, réveillez-vous les ancêtres ! —, Madonna a ramé un certain nombre d'années à Paris. A faire tout, pour bouffer, y compris et surtout des films classés X. Parce que les producteurs de disques français lui riaient au nez et lui expliquaient qu'avec son physique et sa voix elle ferait bien mieux de retourner traire les vaches dans le Middle-West. Aujourd'hui, ces mecs sont au chômdu et Madonna est milliardaire. Alors, elle essaye de racheter, fût-ce à prix d'or, les bobines licencieuses pour lesquelles elle a posé. Lado, il aurait pu gagner une vraie fortune en revendant ses clichés à Filipacchi ou à Buh. Il a préféré les brûler. Quand je vous disais qu'il était clâsse, le mec. Clâsse mais con. Faut jamais cracher dans le scoop.

Papa, les de première, il doit les attirer. Qui se ressemble, quoi. Prenez Xavier Châtelain. Encore un braque. Il empaillait des animaux du côté de Montfort-l'Amaury. Bref, taxidermiste. Il se faisait un pognon fou avec tous les pharmaciens chasseurs. Un beau jour, il largue pour ouvrir une biscuiterie belge dans le 16e. A peine ses petits-beurre commencent-ils à fonctionner, il bazarde, à perte évidemment, et part s'installer dans le Périgord. Où il élève des oies. Il en a plus de trois cents. Mais il n'en fait rien. Parce qu'il est écolo, qu'il est contre le gavage et que de toute façon il s'attache à ses bêtes, refuse de les tuer et préfère les laisser mourir de vieillesse.

Vous avez déjà tâsté une oie quadragénaire, vous ? Pas le pied. On dirait du lapin.

Alors, il reste quoi ? Bruno Loudu ? C'est le plus jeune. 25-26. Sympa mais complètement mytho. Il gagne sa vie en jouant du piano dans le hall des grands palaces et en sautant les vieilles qui viennent y lipper leur Earl Grey à la bergamote. Il a sept montres Cartier, quatre Bulgari et onze Rolex. Toutes au clou. Avec Papa, ils écrivent des chansons qu'ils ne terminent jamais. Parce qu'ils s'engueulent tout le temps, que Papa dit qu'il ne connaît qu'un accord, celui de *la* mineur, et que Bruno affirme que Papa ne fera jamais un tube en s'obstinant à vouloir faire rimer amour avec jamais alors qu'il serait si simple de le faire rimer avec toujours, vu que c'est dans les vieux pots qu'on fait le meilleur Knorr et qu'il le voit bien avec ses mémés qui lui réclament toujours les mêmes conneries, Deux Petits Chaussons, Un Jour Lara et Tea For Two.

Prosper Propret ? Déjà, rien qu'un nom pareil. Et lui, c'est un obsédé. Un vrai. Il travaille dans le cinéma. Il fait passer des auditions. Pour lui, le talent se mesure au centimétrage des doudounes. Il collectionne les ektas de Dolly Parton, Ursula — années 60 —, Jayne Mansfield avant qu'elle ne perde la tête et Aretha Franklin, époque Stax. Et puis, de toute façon, depuis qu'un jour, je l'ai entendu expliquer à Papa qu'il se musclait les doigts de pied pour faire l'amour avec, il me dégoûte. Avec moi, même sur une île, Propret n'a aucune chance ! Je serais même pour qu'on l'émascule.

Gambado, le documentaliste ? Autre obsédé. Gambado, le chasseur de secrétaires, le Bernard Krief de l'intérimaire, l'assistant des assistantes, le dragueur du RER, le sadique de la Petite Ceinture, le frimeur du 69, le baratineur de paumées, le Bernard Tapie des laissées pour compte, le Tati des soldées, le complimenteur de brasseries, le malfrat des selfs, l'emballeur des McDo', le tireur des Fast Food ? Jamais.

Reste quoi dans cette Ethiopie de l'Amour ? La bande du poker ? Allons donc ! Des asexués chroniques, des handicapés congénitaux. Vous leur servez Fiona Gélin nue sur un plateau, ils fonceront tous vers le tapis vert en clamant que la plus belle paire de fesses au monde ne vaudra jamais le quart d'une paire d'as.

Voilà. Plutôt tristôs le bilan. Je ne sais vraiment pas d'où surgira mon prince mais les amis de mon père seraient plutôt hors compétition. La seule chose dont je sois certaine c'est que le jour où arrivera celui qui, je le saurai. J'entendrai des petits violons, je n'arriverai plus à déglutir, j'aurai mal partout et je serai heureuse.

Quand les Lalicorne sont partis se coucher, le deal était passé. Nous étions invités tous les quatre, plus le chat, pour tout le mois de juillet. Et si Tonton Rô-Rô voulait venir faire un tour avec une jeunesse, il était le bienvenu.

Le 15 juin, Stéphane est reçu à l'écrit. Personne ne s'y attendait. Sauf lui. On lui avait communiqué le sujet la veille de l'épreuve ! Evidemment, c'est un secret entre nous. Si Papa était au courant de pareille infamie, il s'en irait défenestrer son fils avant d'aller poser une bombe à la fac. Car il existe là-bas un type haut placé qui revend les sujets. Et il les revend cher, il a la clientèle ! Allez ouvrir une boutique Van Cleef à la Courneuve et vous ferez faillite. Ouvrez la même rue de la Pompe et vous roulerez sur l'or. La fac de droit, c'est le même combat. C'est en ses amphis que viennent échouer les ceuss qui ne savent pas quoi faire d'autre et dont les parents ont du blé. Ça fait du monde, hein ?

Personnellement, ça m'écœure, ces mecs qui viennent troubler l'eau de ceux qui ont eu la vraie vocation de faire avocats, magistrats ou juges d'ins'. Steph, c'est plus complexe. D'accord, il fait son droit surtout pour faire plaisir à la famille mais, en même temps, dans sa tête, il est propre, il est net. Il a le sens de la justice, s'enthousiasme pour les nobles causes et aide les aveugles à traverser hors des clous.

Aussi, après qu'il m'ait avoué la magouille, nous sommes-nous sèchement engueulés.

— T'as pas honte ?

— Non.

— Tu n'as rien fichu de l'année et tu t'en viens coiffer au poteau des intègres que eux ils ont pioché les trois trimestres.

— Arrête, tu vas me faire pleurer.

— C'est vraiment pas la peine de militer, de porter des badges et de défiler pour NRJ si t'es aussi ripou que les autres.

— Raph, tu me prends la tête.

Ennuyé quand même le frangin. Il sait bien que raison j'ai.

— Et où as-tu trouvé le fric pour payer cet enfant de salaud ?

— T'es folle ou quoi ? Je n'ai rien payé du tout. On me l'a offert. Gratos. Qu'est-ce que tu aurais fait, toi, la petite sainte-nitouche, si l'on t'avait apporté ton sujet d'exam' sur un plateau ? Tu te serais bouché le nez, perhaps ?

— Oui. Précisément.

Là, peut-être, j'exage un peu. Quoi que. Mon indignation n'est pas feinte. Quand on a seize ans trois quarts et qu'on découvre que le monde est marécage, on flashe sec.

— Et avec qui t'as couché pour l'avoir à l'œil ? je typhonne, bien décidée à ne pas le lâcher.

— Te regarde pas, marmonne Steph tout en piquant une Royale dans le sac d'Isabelle.

— Je veux savoir !

— C'est classé « secret défense » se marre Steph.

Mais on ne refait pas le monde. Il est cabot et ne peut résister longtemps au délice de m'épater la galerie. Alors, il lâche la confidence.

— J'ai sauté la femme.

— La femme ?

— La femme du mec qui revend les sujets !

— Aah, ça change tout, conclus-je.

Seulement, évidemment, pour les vacances, si par le plus grand des zazars, Stéphane décroche l'oral, cela risque de chambouler les projets. Car bien évidemment, il n'ira pas croupir chez les Lalicorne. Il est d'ailleurs déjà en train de faire ses comptes. Parce que, et là c'est l'un des rares avantages de la condition d'enfants du divorce, quand les parents se sont remariés ils ont, eux, quatre paires de grands-parents au lieu des deux traditionnellement allouées. Et quatre primes, lorsque l'examen a été couronné de succès, cela vous permet d'aller consulter attentivement les tarifs charters de chez Nouvelles Frontières.

— J'irai en Amérique, m'annonce Steph comme s'il y était déjà. J'ai trouvé une combine super. T'atterris à Kennedy et tu te mets au volant d'une Impala que tu n'as plus qu'à aller livrer sur la Côte Ouest. T'es payé un peu, les frais quoi, et tu traverses tous les States au volant de ta limo. T'imagines un peu le périple ? New York USA. Philadelphie et son soul torride, Gladys Knight and the Pipers. Cincinnatti et son kid. Saint Louis et son blues. Dallas et J.R. Les Rocheuses. Le Colorado. Las Vegas et ses tapis verts. La Vallée de la Mort et ses crotales. L.A. ! Tu te rends compte Raph ? Los Angeles ! Ses plages ! Ses filles dorées par le soleil de la Californie ! Peut-être que je vais tirer Madonna, là-bas. Ou sauter la fille de Raquel Welch, qu'elle est aussi bien roulée que sa mère et qu'elle est nettement plus fraîche !

Et ses yeux brillent à ce con. Pourquoi emploie-t-on toujours des expressions aussi laides pour parler de nous ? Sauter, tirer, enfiler. Pour moi, ce sont les moutons qu'on saute, les bouchons qu'on tire et les perles qu'on enfile. Et nous, on doit nous aimer, nous lover, nous liebe dicher, nous amarrer. Jamais, personne ne me sautera.

Ou alors, en y mettant les formes.

Au soir de ce même jour, Tonton Rô-Rô appelle Isabelle. Au comble de l'excitation. Bégayant et bafouillant comme lorsqu'il vient de rencontrer une petite nouvelle de dix-neuf printemps.

— Isabelle ma cocotte, tu te souviens de l'idée télé dont tu m'avais parlé ? Tu sais, le jeu avec l'astrologue, le savant fou et tout.

— Oui, bien sûr.

— Tu as progressé dans ton projet, bien entendu ?

— Mais non ! Alexandre m'a dit que c'était ridicule et invendable, alors j'ai laissé choir, tu penses.

— Quel con celui-là ! Reprends, reprends ton projet à toute allure, Isabelle.

— Si tu m'expliquais un peu, Robert.

— Oui, oui, tu as raison. Voilà, à midi, j'ai déjeuné avec un des pontes de TF2. Ils sont complètement à court d'idées pour la rentrée et recherchent frénétiquement un projet de jeu pour le 20 h 30 du jeudi. En entendant cela, j'ai dit quelques mots de ton idée et le type est comme un fou. La langue pendante !

— Pas possible !

Isabelle en tressaille de bonheur. L'astrologie, c'est son truc. A l'autre bout du fil, Robert continue de prêcher.

— Reprends l'idée, Isabelle ! Approfondis-la. Mets Alexandre sur le coup. J'y travaille de mon côté et on se rappelle. Il faut que l'on dépose le projet dans les quarante-huit heures et souvenez-vous bien tous les deux que nous sommes très très bien placés..

Là, Tonton Rô-Rô évidemment il extrapole un peu, histoire de stimuler ses grognards. Parce que, pour la session 20 h 30 du jeudi sur TF2, il y a déjà une trentaine de candidats. Des chanteurs, des comédiens, des hommes politiques, la tante de Pascal Sevran, des commissaires Maigret, des stripteaseuses, Jacques Antoine, des francs-maçons, des maçons moins francs, Michel Polac, Hare Krishna et des décors de Roger Hart.

Quand Alexandre rentre, Isabelle lui saute au cou et lui annonce que ça y est cette fois ils sont sauvés, qu'ils ont enfin déniché une sinécure avec chèque à la fin du mois, congés spectacles et droit de suite, que TF2 fait appel à eux, que le budget est voté enfin presque et qu'il ne reste que trois jours que dis-je deux pour bâtir le projet, trouver l'astrologue, le savant fou, les gags, les gages, les vedettes, les candidats et tout.

Elle est si convaincante que lorsque Robert rappelle une demi-heure plus tard, Papa refuse de le prendre au téléphone sous prétexte qu'il est déjà en train de récrire le synopsis du jeu.

Dans les jours qui suivent, l'appartement se transforme en une véritable ruche. Tonton débarque avec ses dictionnaires, le Petit Robert evidently, ses bouquins de psychologie, ses quizz et ses Quid et s'installe carrément dans la chambre de Steph. Isabelle entasse tous les tableaux de sa future exposition contre le mur de ma chambre afin de dégager les cimaises de son atelier pour pouvoir y suspendre ses esquisses de décors et ses plannings. Quant à Papa, il squatte le livingue pour y recevoir les candidates-astrologues.

Isabelle aurait bien aimé présenter elle-même la partie astrologique de l'émission mais le père a hurlé qu'il refusait d'être Monsieur Danièle Gilbert, qu'il n'avait pas épousé une femme-tronc, que jamais Isabelle n'irait montrer ses seins, qu'il adorait évidemment, à la France entière et que de toute façon elle n'avait aucune chance de plaire puisqu'elle parlait un français admirable et qu'à la télévision plus tu fais de fautes de syntaxe et meilleur est ton score. Isabelle a râlé qu'elle en avait marre de ce macho pas possible mais s'est inclinée. D'autant que Robert avait déjà rédigé l'annonce pour *Le Figaro* et *Libé :* « Cherchons femme astrologue présentant plutôt bien et compétente pour en faire très vite une star de la télé. Références divinatoires demandées. Appeler tel numéro. »

Apparemment, il n'y a que des astrologues qui lisent ces deux journaux. Pendant trois jours et trois nuits, le téléphone n'a pas arrêté de tinter. Quatre cent cinquante-sept appels dont une trentaine en PCV. Enfin pas en PCV puisque cela n'existe plus mais des bonnes femmes qui appelaient et disaient : « Je suis la celle que vous cherchez. Rappelez-moi à ce numéro » avant de raccrocher. Evidemment, vu l'abondance du gibier, nous ne rappelions pas. Y a des limites !

Nous avons eu ainsi cent vingt-deux Madame Irma et presque autant de Miranda. Quatre-vingt-sept d'entre elles se targuaient d'avoir annoncé la mort de Tchernenko et pronostiquaient celle de Reagan pour les quinze ans à venir. Soixante-douze pensaient pouvoir affirmer que Bernard Hinault ne participerait pas au Tour de France en l'an 2000 mais que Line Renaud, elle, chanterait toujours. Au bout du vingtième coup de fil, celui ou celle d'entre nous qui décrochait était parfaitement rodé, connaissait par cœur le questionnaire de base et pouvait donc éliminer diplomatiquement celle qui ne correspondait pas au cœur de la cible : notre candidate devait être jolie, avoir des références, accepter de faire un test et être astrologue un point c'est tout. Pas de tarots, de marc de café, de boule de cristal, de photographies, de blanc d'œuf, de cire de bougie, d'épingles tordues, de plomb fondu, de taches d'encre.

Il en resta ainsi une quinzaine et c'est Papa qui les réceptionna. Il ressortit assez ébranlé de ces entretiens au cours desquels on lui annonça sept fois qu'il était volage et huit fois qu'il était fidèle, huit fois qu'il était doué pour les arts et sept fois totalement ignare en la matière. Trois astrologues lui recommandèrent de faire attention à ses poumons, quatre autres à ses intestins et cinq autres à ses os. On lui signala six fois qu'une femme brune lui voulait du mal et six fois qu'une femme brune le protégeait.

Les quinze lui prédirent des ennuis d'argent.

Il était dans un piètre état lorsqu'il reçut la seizième et dernière candidate.

— Bonjour, je suis l'astrol...

— Oui entrez, dit Papa, nous vous attendions. Installez-vous là, mettez-vous à l'aise. Je m'excuse mais c'est un peu le bordel parce que nous préparons tous l'émission ici. Raphaële, c'est ma fille, dis bonjour, va rester là pour faire ses devoirs car il y a du monde dans sa chambre mais elle ne nous dérangera pas, hein tu ne nous dérangeras pas Raph ? Alors voilà de quoi il s'agit.

Et Papa, pour la seizième fois, fait un bref résumé de leur projet d'émission en insistant sur le rôle prépondérant qu'aura à y tenir l'astrologue choisie.

— Ainsi donc, conclut-il, et si vous en êtes d'accord, je vais vous donner une date, heure et lieu de naissance et...

— La vôtre, je présume ?

— Oui, la mienne effectivement.

— Et vous voulez que j'établisse votre thème !

Papa n'a pas fini de dire oui qu'elle est déjà au travail. Plongeant le nez dans ses bouquins et ses calculs d'éphémérides établis par la Nasa. Règle. Crayons. Noir et couleur. Compas. Elle tire la langue en faisant ses traits. On dirait me en classe de géométrie. Mignonne la nana. Bon, c'est pas Kaprisky mais elle a du charme. Vingt-cinq balais. Brune. Grands yeux verts. Maquillage discret. Elancée. Habillée mode Halles.

Brusquement elle démarre.

— Vous en bavez, hein ?... Rien n'est simple pour vous en ce moment.

Papa, comme son père, adore qu'on lui dise que tout va mal pour lui, qu'il a mauvaise mine, que personne ne le comprend et qu'il a sûrement un cancer des doigts de pied et un du cœur sans compter une quinzaine de virus non encore identifiés chez Pasteur. Dites-lui qu'il est mourant, il ira déjà mieux. Apparemment, l'impétrante a flairé le créneau.

— Mon pauvre monsieur, ce que vous vivez depuis deux ans, personne n'y aurait résisté.

Autrement dit, si vous avez tenu le coup, c'est bien que vous êtes le meilleur parmi les meilleurs. Papa en roucoule d'aise. Et l'autre, au lieu de lui prédire sottement l'avenir comme l'ont fait toutes celles qui ont précédé, se met à lui raconter son passé.

— Vous avez divorcé, voici quatre ou cinq ans ?

— Cinq.

— Vous en avez beaucoup souffert.

Et nous donc.

— Mais maintenant, vous êtes heureux. C'est plutôt sur le plan professionnel que ça freine.

Ça freine pas, ça rétrograde.

— Vous souffrez d'allergie ?

— Exact, reconnaît Papa épaté.

— Vous êtes malade avec les fruits de mer, n'est-ce pas ?

— Le crabe. Le crabe seulement.

Papa, i' bouffe un crabe, i' court aux gogues.

— Tiens ! Vous devez avoir eu une invasion de parasites, l'année dernière.

— Non ! Absolument pas.

— Et les cafards, Papa ? j'interviens.

— Ah oui ! Les cafards ! Je les avais oubliés.

L'année dernière, dans la cuisine, on a eu des cafards. Il en sortait de partout. Dégueulasse. New York ! Tellement on avait peur de s'asseoir et qu'ils nous attaquent, on mangeait debout. Comme Michel Berger. Et puis les cafards sont repartis, comme ils étaient venus.

Mais Elvire — c'est son nom — continue.

— Vous êtes musicien ?

— Non.

Papa, quand il était au Lycée Carnot, jouait du cornet à pistons. Un jour, à la fête du lycée, il a joué « When The Saints Go Marchin'In » et le Proviseur s'est levé, au garde-à-vous, pensant avoir reconnu La Marseillaise. Papa a redoublé et n'a plus jamais touché son biniou.

— C'est curieux, soupire Elvire. Alors au moins, vous vous occupez de musique ?

— Oui.

Tellement plus facile de critiquer ceux qui jouent.

— Et vous peignez ?

— Moi non, ma femme oui.

Papa, à part les girafes, i' peigne pas grand-chose.

— Vous avez connu des échecs professionnels récemment ?

Aaaah, la jolie phrase ! Comme il l'aime celle-là, Papa. Enfin, une oreille nouvelle et fraîche prête à l'écouter énumérer ses malheurs. Alors, il lui raconte tout. Tous ses bides, ses projets foireux, ses coups du siècle avortés, ses mises en orbite sabordées. La comédie musicale qu'on l'avait chargé d'écrire pour trois vieilles gloires du music-hall, moyenne d'âge 83 ans, qui voulaient faire leur rentrée au Casino de Paris et dont il dut interrompre la rédaction après que le producteur, un bambin de 71 ans, ait fait son infarctus. La boîte qu'il a essayé de monter avec deux copains suisses pour vendre des plaques minéralogiques en or et diamants aux

Emirats et qui s'est effondrée lorsque l'Opep a fait sa crise d'excroissance. L'agence de sosies des gens inconnus qui n'a pas vraiment fonctionné. La cible avec jackpot musical incorporé à installer dans les cuvettes des chiottes pour encourager les mecs à ne plus jamais faire pipi sur le siège. La viande de serpent congelé en provenance de Hong Kong dont Pétrossian n'a pas voulu et qu'il a fallu revendre en toute hâte et à perte au responsable de la cantine d'un collège belge qui l'a achetée en pensant que c'était de l'antilope. Et encore plein d'autres affaires mirobolantes dont je n'avais même jamais entendu parler.

Quand Papa en termine enfin, Elvire le dévisage en souriant.

— Eh beh ! Mon pauvre !

— Oui, c'est fou, n'est-ce pas ?

— C'est d'autant plus fou que vous n'êtes pas encore au bout de vos peines !

— Oh non ! geint Papa.

— Vous en avez encore pour au moins trois ou quatre semaines. Après, votre ciel planétaire va se dégager et tout vous sourira. Mais en attendant, il vous faut faire le gros dos.

— Je ne tiendrai jamais. Je suis au bout du rouleau.

— Il y en a un autre derrière, ne vous en faites pas. Tenez bon, tout cela est virtuellement terminé.

Elvire est tellement sûre d'elle qu'il est difficile de ne pas la croire. Papa gamberge.

— Dans ces conditions, je ne vois pas pourquoi je me détroncherais pour cette émission de télé.

— Etes-vous donc seul en cause ? interroge Elvire. Je ne le pense pas. Je... je vois un autre homme. Et une femme.

— Oui, oui, j'approuve. C'est Isabelle et Tonton Rô-Rô.

— Fais ton latin Raphaële et ne nous emmerde pas, râle Papa.

— Ce serait bien si je pouvais étudier leur thème. Peut-être que leur ciel à eux est dégagé.

— Robert ! Isabelle ! crie Papa.

Pas de réponse. Isabelle et Robert sont tous deux dans ma chambre en train de rédiger des questions de comportement psychologique, du style : « Mâdâme, vous assistez à un dîner chic. A un moment, votre voisin, l'Ambassadeur du Vatican, met brutalement sa main sur votre genou. Que faites-vous ? Lui donnez-vous une baffe retentissante ou bien lui faites-vous du pied ? »

— Isabelle ! Robert ! Mer-deu ! Oh pardon, Madame ! Madame ou Mademoiselle ?

— Mademoiselle.

— Ah bon.

Isabelle arrive, suivie de Rô-Rô.

— Donnez votre date de naissance à... à ?

— Elvire.

— A Elvire.

Tout le monde se salam aleïkhoum salam how do you do tuyau d' poêle. Elvire note les dates et replonge dans ses tables de la Nasa. Du coup, Isabelle décide d'étudier avec son propre matériel le thème astral d'Elvire. Vingt minutes de silence. Petits calculs et grands soupirs. Je me replonge dans Virgile toujours aussi chiant. Et puis, les deux astrol' échangent leurs copies en pouffant et en point de s'exclamationnant que c'est vraiment étonnant mais que oui oui tout concorde vraiment. Isabelle, Elvire et Robert ont tous trois le Soleil et Jupiter dans leur Maison Dix. Fa-bu-leux ! On ne peut pas rêver mieux pour faire de la télé.

Un quart d'heure plus tard, Elvire fait officiellement partie du staff. Il est décidé que, par contre, Papa suivra le projet de loin. Il est vraiment trop scoumounard pour les semaines qui viennent. Il vaudrait mieux, suggère Elvire, qu'il s'attelle à un projet de longue durée, un truc sûr, genre « Les Recettes Miracles du Docteur Maigre », qui pourrait voir son aboutissement dans plusieurs mois. Parce que, pour l'instant, tout essai ne peut être que catastrophique.

— Mon pauvre chéri, le console Isabelle tandis qu'il aligne les « oy oy oy » au comble du bonheur.

Du coup, Tonton Rô-Rô se sent investi des responsabilités suprêmes et se met à parler en chef.

— Ma chère Elvire, il faut que vous le sachiez. Si notre projet est retenu par la télé, il nous faudra tourner un pilote.

— Tourner un pilote, j'interromps, c'est comme sauter une hôtesse ?

— Non ma chérie, sourit Isabelle. Cela veut simplement dire faire un numéro zéro.

— Ben, si vous faites un numéro zéro, vous n'avez aucune chance d'être pris.

— Allons, allons ! s'énerve le père. Faire un numéro zéro, c'est faire un numéro pour rien.

— Alors, ne le faites pas !

Ils en lèvent les bras au ciel. Moi, je jubile. Je possède bien mon Descartes qu'il est au programme.

— Lorsque Alexandre dit pour rien, ma chère Elvire, reprend Rô-Rô doctoral, il n'a pas tort. Pour ce pilote d'essai, nous serons malheureusement tous payés des clopinettes.

— Ce n'est pas un problème, sourit Elvire clâsse.

— Par contre, si le pilote est pris...

— A nous la fortune !

— Ce sera la gloire !

— Oui, soupire Robert en s'y voyant déjà, nous serons invités dans tous les salons.

— Et vous devez avoir la réponse quand ? demande Elvire, amusée.

— Demain. Demain ou après-demain, TF 2 nous dira si nous sommes ou non sélectionnés pour le sprint final.

— Et si la réponse est bonne ?

— Alors, nous mettons le pilote en route dans l'heure qui suit.

— Et nous le tournons dans la foulée. En juillet.

— En juillet ? je sursaute, interloquée.

— Oui bien sûr. En juillet. Dans dix jours.

— Mais ?

— Mais quoi ?

— Mais les vacances, Papa !

— Ah oui ! Merde, les vacances !

Vous les verriez, vous ne le croiriez pas. Ils sont tous là, hébétés, en arrêt. Contrariés. Les vacances, ils les avaient tout simplement oubliées. Hallucinant, isn't it ? On trime, on peine, on rame toute l'année pour s'offrir enfin quelques jours de vacances et eux-là ils avaient juste oublié que nous devions partir.

— Ben les vacances, nous n'en prendrons pas et puis c'est tout, tranche Papa en allumant un vieux Partagas, signe incontestable chez lui d'un grand désarroi intellectuel.

— C'est cela, appuie Robert, nous n'en prendrons pas.

— Et moi ?

— Ah oui, et toi ? Ben, euh, tu iras comme prévu chez les Lalicorne. Avec ton frère.

— Non mais ça va pas ? Vous êtes tarés ou fous ou quoi ?

Je sais, je sais, on ne parle pas comme ça à ses vieux mais quand les limites sont dépassées, il n'existe pas trente-six manières de crier halte à tout. On tire dans les pneus. Ou on braille comme dirait Ray Charles.

En tout cas, visiblement, j'ai traumatisé. Papa cherche à m'allonger une baffe, Isabelle allume sa tige par le mauvais bout et Tonton Rô-Rô fait les gros yeux.

Mais moi je fais vraiment colère.

— Vous croyez sincèrement que je vais aller chez ces ruinés de la tête ? J'en ai rien à foutre des Lalicorne, moi ! Ce sont vos copains, pas les miens !

— Mais il y a Malvina. Et Didier, négocie Papa qui sent bien qu'il a tort quelque part.

Alors là, je décide d'assener. Et plutôt que de hurler, je parle posé, en martelant chaque syllabe.

— Malvina, Papa, c'est une pute !

— Oh ?

— Elle couche avec tout Paris et m'entraînera forcément sur le chemin de la débauche.

— Oh ?

— Sûr ! Quant à son frère, il a beau n'avoir que quatorze ans, c'est un véritable obsédé. Même qu'il fait les sorties de communales !

— Oh ?

— Quant à Steph, autant que vous le sachiez, il est bien décidé à ne pas mettre les pieds là-bas.

— Oh ?

— Tu veux que je te dise ? Il est en train de réussir son oral rien que pour ne pas aller chez les Lalicorne.

— Oh ?

— Oui, mon père. Steph est en train de gagner son indépendance économique, son Amérique et tout.

— Ben, les Lalicorne auront au moins réussi à lui donner le goût des études, rigole Papa.

Et ça détend l'atmosphère.

— Nous sommes sans doute en train de nous énerver pour rien, sourit Isabelle. Demain, à TF2, ils vont nous dire que nous ne sommes plus dans la course et nous pourrons partir tous ensemble à La Baule.

— Oui sans doute, approuve Rô-Rô mélancolique à l'idée qu'on ne va pas l'inviter dans les salons.

Y a comme une pause.

— Il commence à faire faim, dit Papa. Elvire, vous restez dîner avec nous ?

— C'est que je ne voudrais pas...

— Mais non, mais non.

Tout le monde insiste.

— Il y a du lapin, annonce Papa. Vous aimez le lapin, Elvire ?

— J'adore le lapin !

A-dop-tée. Adoptée elle est. Tu verrais comme il la regarde. Ça sent le petit ticket naissant tout ça. A tel point qu'Isabelle se demande un court instant si elle doit faire tête ou pas. Mais la bouderie ce n'est pas son style. Elle joue plus fin, laisse du mou dans la corde, ferme les yeux quand il faut les fermer et comme ça l'autre, enfin Papa je veux dire, finit toujours par revenir lui manger dans la main après s'être offert un petit fantasme cérébral qui n'a pas fait d'entaille au contrat. Stucieux, hein ?

Vingt minutes tard plus, on se prépare à passer à table, Fox-Trot est déjà sur son tabouret, lui le lapin il ne s'en lasse pas, quand la porte s'ouvre en coup de vent. C'est Steph, hilare. Paume renversée, un doigt pointé vers le plafond.

— Les Lalicorne !

— Quoi les Lalicorne ? riposte Papa, déjà au créneau, huile bouillante à portée de main.

— Les Lalicorne... Tiens, bonjour Madame, je ne vous avais pas vue, comment allez-vous très bien merci et vous, les Lalicorne, ah, ah, ah, ils ne sont pas prêts de me voir cet été !

— Ce n'est pas vrai ? rugit Papa en le prenant dans ses bras.

— Si.

— Oh ?... Alors, tu l'as eu ?

— Oui.

— Avec mention ?

— Oui.

— Oui ?... Tu as eu ta deuxième année de droit avec mention, mon fils ?

Papa, il est au bord des larmes. Il prend tout le monde à témoin avec son cher têtard dans les bras, à moitié étouffé mais goguenard.

— C'est mon fils, explique-t-il à Elvire. Il vient d'avoir la mention.

— Quelle mention ? interroge Robert aussi ému que Papa.

— Extrême Indulgence du Jury, répond Steph plié en deux.

— Tu as de la chance ! Crois-moi, tu vas te marrer. Moi je crois bien que cela a été mes plus belles vacances.

Sandrine trempe son croissant dans son crème. Je l'adore, c'est ma pote. Dix-sept ans. Plus vierge depuis onze mois. Blonde. Mignonne. Taches de rousseur. Queue de cheval. Grands yeux bleus. Petit nez en trompinette. Menue. Rondelette. Comme moi, quoi. En tout cas pour les rondeurs. Eh oui, nous avons l'une comme l'autre deux ou trois kilos à perdre.

Ce matin, nous avons décidé de sécher le cours de physique, le dernier de l'année. Tant pis, nous ne dirons pas au revoir à Mlle Ramoulot. C'était une conne. Et apparemment, nous ne sommes pas les seules à avoir eu cette idée : la moitié de la classe est au tabac. Turfistes mis à part, la moyenne d'âge tourne autour de 16-17. Ça sent les vacances.

Depuis cinq minutes au moins, j'ai la même question au bout des lèvres mais elle n'arrive pas à sortir.

Allez ! Je me lance à la Vittel.

— Et Jean-Paul ?

— Oui ?

— Tu sais bien, le garçon dont tu m'as parlé.

— Celui qui ?

— Ouais.

— Eh ben, qu'est-ce que tu veux savoir Raph ? Comment il s'y est pris ?

— Ben, euh oui.

— Il a fait ça très vite, au coup de foudre.

Au coup de foudre ? Quézaco ? Une sorte de chalumeau oxhydrique ?

— Ah bon. Et... Et ça fait mal ?

— Mais non, idiote ! Tu ne sens rien, enfin presque. Tu sais, un hymen qui se déchire, ce n'est quand même pas le Mur de Berlin qui s'effondre.

Ah bon. Je respire dans les chaumières.

N'empêche qu'elle pourrait bien m'agacer Sandrine à les rouler comme ça. Je décide de ne plus poser de questions. Alors, inévitable hein ? elle repart dans son exposé.

— Tu sais Raph, tu n'as pas d'illusions à te faire. Là-bas, tu vas y passer.

— Mais non ! Je n'en ai pas la moindre envie.

— T'es comme moi, j'étais comme toi. Seulement, les vacances ça vous transforme, tu vas voir. La plage, la bronzette, le tennis, les boîtes, les bandes, le flirt et un jour, tu rencontres un mec, il est net, il est beau, il te plaît, il t'émeut, tu te sens très bien près de lui et vous faites ça tout naturellement.

J'en plonge le nez dans ma minérale, perplexe. Bien sûr, j'ai déjà flirté. Avec plusieurs mecs mais ce n'est jamais allé très loin. Des petits bisous. Des smacks sur la bouche. La main dans la main et les soupirs dans le cou.

Une fois, oui une fois c'est vrai, je me suis laissé caresser la poitrine au cinéma et ça ne m'a pas foncièrement déplu mais quand Axel a pris ma main et a voulu que je la pose sur son machin, là j'ai carrément eu la trouille. J'ai juste eu le temps de sentir que c'était tout dressé, j'ai retiré ma main et Axel n'a pas insisté ; on a regardé le film.

— J'étais comme toi, reprend Sandrine, jamais je n'aurais pensé et boum ça s'est fait.

— Où ?

— Dans la villa de ses vieux, tiens ! On avait traîné toute la soirée sur la plage, on est rentrés en douce vers 3 heures du matin et je me suis carapatée discrètos vers 7 heures avant qu'ils ne se réveillent chez eux et chez moi. Un quart d'heure plus tard, j'étais au plum' et à 10 heures, Maman m'apportait les croissants.

— Et alors ? Tu ne lui as rien dit ?

— Si, bien sûr.

— Putain, t'es gonflée ! J'admire. Et qu'est-ce qu'elle a dit ?

Sandrine, au souvenir, se marre.

— Elle s'est pris la tête à deux mains, elle a gémi qu'est-ce que tu m'as fait là ma petite, elle m'a fait sauter à la corde pendant une demi-heure et après on est allées chez le gynéco.

— Et enceinte t'as pas été ?

— Mais non ! Il... enfin Jean-Paul avait mis une capote. Drôlement sympa, non ?

Oh oui, sympa.

— Alors pourquoi ta mère t'a-t-elle fait sauter à la corde ?

— Elle ne me croyait pas. Elle disait que la capote était peut-être trouée. Que les garçons les utilisent plusieurs fois ou s'amusent à faire des ballons avec. Elle était vraiment paniquée, j'ai dû prendre ma température, calculer mes jours, enfin tout quoi. Et tout cela à voix basse pour que Papa n'entende pas.

— Et après ?

— Après ? Ben, le gynéco m'a fait prendre la pilule et huit jours plus tard, en voiture Simone !

— Oh ?

— Oui, dès que mes règles se sont terminées, on

l'a fait tous les soirs. Tu sais, c'est comme le golf. Plus tu pratiques, meilleure t'es.

— Et vous vous êtes revus ?

— Après les vacances ? Trois ou quatre fois, mais ce n'était plus la même chose. Et puis, il habite Dijon. Alors... même avec le TGV.

— Et depuis ? Tu couches ?

— Seulement quand je suis amoureuse. Là, je n'ai rien fait depuis les vacances de Pâques. Je ne m'en sens pas diminuée pour autant.

Sandrine rêvasse. Je l'envie. Tout a l'air si simple avec elle. Mais elle réattaque.

— Raph, il faut que tu prennes la pilule. Ça va t'arriver cet été et tu ne seras pas armée. Dis-toi bien que les garçons qui utilisent des préservatifs, ça ne court plus les rues depuis l'invention de la pilule. La plupart des mecs s'en foutent, ils couchent avec toi sans prendre de précautions et à la première alerte ils taillent la piste à main gauche.

— Je les hais !

— Faut pas, faut pas. C'est à nous de nous orgasmiser, c'est tout.

Je soupire.

— A qui veux-tu que j'en parle ? Papa ? Il m'arracherait la tête.

— Alors parles-en à ta mère.

— Maman ? Tu parles ! Elle continue de m'appeler son gros bébé. Elle me voit encore avec des langes.

— Isabelle, alors.

— Oui, Isabelle, peut-être. Mais qu'est-ce que je vais lui dire ?

Alors là, Sandrine se fout en boule. Qu'elle en a marre que je joue au petit bébé. Que je n'ai qu'à me débrouiller. Que voilà ce que je n'ai qu'à dire à Isab' pour qu'elle craque. J'essaye encore d'expliquer que c'est idiot de prendre la pilule si on ne couche pas, qu'au fond je pourrais peut-être très bien me débrouiller avec la méthode Ogino ou celle des températures. Mais Sandrine a réponse à tout.

— Je pourrais peut-être me faire poser un stérilet ? Ou un diaphragme ? tente-je encore.

— Ah oui et qui va te les installer ? Le plombier ?

On paye les consôs, on sort, on s'embrasse sur le trottoir. Je rentre à la maison par le chemin des écoliers en gambergeant ferme.

Quand j'en parle à Isabelle, elle m'écoute en souriant et en hochant la tête. Elle a vraiment l'air de piger. Aussi, lorsqu'elle m'annonce que je dois en parler à Maman, tombe-je des nues.

— Tu sais bien qu'elle ne voudra jamais. Elle est comme Papa et Steph.

— Mais non, Raph, tu exagères toujours tout. Ta mère comprendra parfaitement.

Ah, ils sont têtus les vieux, hein ?

— C'est toi qui ne piges rien, Isabelle. Maman ne veut ni ne peut admettre que je couche avec un garçon. Ça va lui refiler un coup de vieux !

— C'est vrai que tu vas tous nous faire vieillir d'un seul coup, sourit Isabelle, songeuse.

Dame ! C'est comme dans les familles. Quand un Grand Ancien passe, la génération qui suit se dit merde, maintenant c'est nous qu'on est en première ligne et ils s'en retournent à la messe.

— Le jour où je coucherai, vous allez devenir toutes les deux des grands-mères potentielles.

— Tout dans la délicatesse !

— On ne se refait pas !

Je suis Taureau. Les Taureaux, il paraît que ça fonce droit devant, que ça enfonce les clôtures et que ça ne fait pas dans la dentelle. C'est Isabelle qui me l'a dit. Je le lui rappelle. On se marre.

Mais elle ne cède pas pour autant.

— Qu'on le cache à ton père, je veux bien. Mais à

Dominique, non, pas question. C'est ta mère. Tu dois lui en parler.

— Et si elle ne veut pas ?

— Alors, on avisera.

Avec Maman, ça se passe comme prévu. Mal. Elle ne veut pas en entendre parler. Elle ne m'a pas conçue pour que j'aille me faire déflorer par n'importe qui à même pas dix-sept ans.

— Et toi Maman, à quel âge tu t'es fait dépuceler ?

— A seize ans et demi.

— Quouaaah ?

— Oui, mais j'étais en rébellion contre ma famille. Et j'étais amoureuse.

— Non, mais tu entends ce que tu me racontes ? Toi, ça t'est arrivé à seize ans...

— Et demi.

— Et demi, en 1963 ! Aujourd'hui, on est en 86 et tu me refuses ce même droit élémentaire !

— Raphaële, je ne te refuse rien du tout ! J'essaye de faire de toi un être d'exception. Comme je l'ai été ! Simplement aujourd'hui, c'est la virginité qui fait l'exception !

Ah, la mauvaise foi ! Si je portais une cravate, je dégraferais mon col ! Ce n'est pas Dieu possible de tenir pareil discours. J'en reste muette.

— Tu es amoureuse d'un garçon ? me demande Maman.

— Non.

— Alors... Tu vois bien. La pilule, ça ne s'avale pas comme une Valda. Ça vous agit sur le corps, sur les hormones. Ça fait pousser les poils. Et les seins. Ça fait tomber les dents. Parfois, on devient chauve. Ou rousse.

N'importe quoi. N'importe quoi je vous dis. Et ça vote !

Le soir, je dîne chez Isabelle et Papa. A un moment, nous parvenons à nous isoler dans la cuisine. J'explique, indignée, à Isabelle le bide que j'ai pris.

— Veux-tu que je lui téléphone ? demande Isabelle.

— Non, ça ne servirait à rien ! Maman, c'est le Bélier type !

— Le Bélier finit toujours par réfléchir et faire machine arrière.

— Mais je pars en vacances dans cinq jours, Isabelle ! Tu n'as pas l'air de t'en rendre compte, il faut m'aider. La pilule, je te le promets, je ne la prendrai que si vraiment je craque de partout.

Alors, Isabelle finit par céder et prend rendez-vous pour le lendemain chez sa copine gynéco Nathalie Bonère. Elle viendra me chercher à la sortie des cours. Et ce sera un secret entre nous. Enorme. Définitif.

Après m'avoir pesée, auscultée, tensionnée, questionnée — « Est-ce préventif ma petite Raph ou as-tu déjà quelqu'un en vue ? » —, Nathalie Bonère me prescrit la pilule. A prendre le premier jour de mes règles. Opérationnelle dès le lendemain de celles-ci. Super !

En sortant, Isabelle range l'ordonnance dans son sac car je rentre dormir chez Maman et ce n'est pas la peine que.

Quand j'arrive, ainsi que l'avait prévu Isabelle, le Bélier a remisé ses cornes au vestiaire. Maman est tout hydromel. Oui, elle a réfléchi, peut-être après tout est-ce plus raisonnable mais chut hein ce sera un secret entre nous. Surtout ne rien dire à Hervé — c'est son deuxième mari — ni à Papa. Qu'ils sont trop vieux jeu et qu'ils ne comprendraient pas. Elle va quand même téléphoner à Isabelle. Pour lui en parler. Et pour lui demander le numéro de téléphone de Nathalie Bonère.

Le lendemain, après le lycée, je retourne avec Maman chez la gynéco. Qui, informée par Isabelle, me reçoit comme si elle ne m'avait jamais vue.

Vous verriez Papa, vous jureriez voir un épagneul. L'oreille basse. Renfrogné. Œil absent et moue à la Bardot-Jagger. Un vrai Palmolive il se fait passer. Isabelle allume tige sur tige et Tonton Rô-Rô marche de large en long, l'air véritablement furax.

— Il faut apprendre à te dominer, Alexandre. Tu as vraiment failli tout faire capoter.

Papa ne dit mot. La même tête que Fox-Trot quand il se fait pincer en train de faire pipi juste à côté de son plat.

— Elvire avait raison, tu es vraiment trop poissard, râle Isabelle. Moi, je veux bien que tu travailles avec nous sur le projet mais il n'est plus question que tu participes aux rencontres avec les gens de TF2.

Papa regarde au plafond. Les toiles d'araignée. Y en a toujours, cherchez pas.

Apparemment, la rencontre avec les gens de la télé ne s'est pas passée au mieux.

— Votre projet est très intéressant, a dit d'entrée le directeur de la cellule de production des émissions extérieures et exceptionnelles. Néanmoins, nous avons pensé que...

— Ah ! on ne va pas commencer à faire des retouches, a interrompu Papa aussi sec.

— Non, non bien sûr, a répondu le directeur pincé, sans plus insister.

Mais y a eu comme un froid. Il a repris :

— Vous avez pensé à un réalisateur bien entendu ?

— Ma foi, a dit Isabelle, nous avons bien quelques idées mais nous sommes tout à fait disposés à prendre le réalisateur que vous nous suggérerez.

— S'il est bon, a complété le père.

— Ils sont tous bons, cher monsieur. Mais il serait préférable que vous le choisissiez vous-mêmes. Le réalisateur, dans le tournage d'un pilote, c'est la pierre angulaire, le Monsieur Loyal, le Karajan. Voilà pourquoi nous ne souhaitons pas interférer.

Traduisez : si votre réalisateur se plante, ce ne sera en aucun cas notre faute. Isabelle, Rô-Rô et Papa se concertent donc. Et, tandis que le dirlo cire discrètos ses pompes, couchent sur le papier une huitaine de noms. Les bons évidemment. Ceux dont on voit régulièrement les noms aux génériques des trois chaînes.

— Mmmmh, mmmmh, fait le directeur en consultant leur liste. Aucun doute, vous avez bon goût.

Et il appelle Mlle Plimain, l'assistante plus particulièrement chargée du contact avec les réalisateurs. Qui s'empare de la liste, la lit en silence puis élimine. Lespinasse ?... impossible, il est en vacances. Oualid ?... il tourne un feuilleton à Barcelonette. Dugowson ?... En co-produc' à Munich avec la Bavaria. Habans ?... Au Festival d'Aix.

Ne restent que quatre noms.

— Eh bien, appelons-les tout de suite, suggère Robert.

— C'est que... j'ai un déjeuner, avec le Ministre, dit le directeur de la cellule de production des émissions extérieures et exceptionnelles.

— Et moi avec le Secrétaire d'Etat, annonce

l'assistante plus particulièrement chargée du contact avec les réalisateurs. Mais je vais vous donner leur téléphone et vous pourrez les appeler de ma part.

Elle s'en va. Et revient quinze secondes en se frappant le front qu'elle a obtus.

— Où avais-je la tête ?... Ça ne sert à rien. Ils sont tous sur la liste !

— La liste ? Quelle liste ?

Papa, déjà la bave aux lèvres.

— La liste rouge.

— Mais c'est quoi, votre liste rouge ?

— Celle des réalisateurs qui travaillent trop.

— Oui, explique le directeur pour voler au secours de Miss Plimain, comme il y a beaucoup de chômage dans la profession, on n'autorise plus les réalisateurs à travailler qu'un certain nombre de jours dans l'année.

— Je rêve, dit Papa.

— Et les quatre que nous vous avons suggérés sont sur la liste ? demande Robert abasourdi.

— Oh oui ! Même les huit ! Quatre sont déjà arrêtés et les quatre autres stopperont à la fin de leur tournage.

— Mais alors, il ne reste que les nuls ?

— Mais non, mais non, pas forcément. Les autres, s'ils ne travaillent pas, c'est soit parce qu'ils ont mauvais caractère et que plus personne n'en veut, soit qu'ils se sont reconvertis et qu'on a oublié de rayer leur nom, soit encore qu'ils n'ont pas d'appuis politiques. Mais ils ne sont pas forcément mauvais. Pas forcément.

Papa est blanc, Robert vert, Isabelle cireuse.

— Alors, pouvez-vous nous en indiquer un ?

— Pas de problème ! Donnez-moi le cahier de ceux qui ne travaillent pas, demande-t-il à Mlle Plimain.

Il prend le cahier, l'ouvre au hasard, se cache les yeux et balance sa pointe Bic au pif.

— Voilà... Serge-Roger Mazerratto. Vous le connaissez ? demande-t-il à l'assistante plus particulièrement chargée du contact avec les réalisateurs.

— Non, monsieur le Directeur.

— Voyons un peu ce qu'il a fait. En 83, il n'a pas tourné. En 84, il a fait huit jours d'émissions scolaires et deux fois la messe dominicale. En 85, il a réalisé sept émissions culinaires, le match de foot Belfort-La-Motte-Beuvron et une dramatique qui n'est jamais passée à l'antenne. Eh bien, c'est excellent tout cela.

— Pas question de travailler avec ce Mazératé, tempête Papa.

— Bon, bon, ne nous fâchons pas. Nous allons vous trouver quelqu'un d'autre.

Et le dirlo reprend son cahier, son Bic et se relance les yeux clos.

— Alors ?... Neige Cardonic. Tiens, c'est une femme. Oui, oui nous avons aussi des femmes. Vous la connaissez mademoiselle Plimain ?

— Non, monsieur le Directeur.

— Voyons un peu. Neige Cardonic. Oh, ce sera un regard neuf sur la télévision. Elle n'a rien fait en 83, a tourné un vidéo-clip Gloria Lasso en 84 et, l'année dernière, une rencontre d'athlétisme à Digoin.

— Je l'ai vue, dit Papa catégorique. C'était nul.

Là, le directeur commence à l'avoir mauvaise. 11 h 45, c'est l'heure de se préparer à son déjeuner. Et puis, merde, le match Noah-Connors a dû commencer à la télé.

— Ecoutez, si vous y mettez tant de mauvaise volonté...

Et il lève les bras au ciel. Sa veste est rapiécée.

Isabelle, elle, est songeuse.

— Dites-moi monsieur le Directeur, les réalisateurs qui travaillent pour Canal Plus figurent-ils sur votre liste ?

— Bien évidemment non, chère mâdâme. Ce n'est pas le service public.

— Ainsi pourrions-nous prendre Ledur ?

— Sans aucun problème !

Ledur a une émission quotidienne sur Canal. 365 jours par an. Seulement voilà, il ne figure pas sur la liste. Ouf ! on respire. L'atmosphère se détend d'un seul coup. Les sourires refleurissent. Du coup, le directeur décide d'aller plus avant. Autant en finir une bonne fois pour toutes avec cette équipe de Pieds Nickelés.

— Et pour l'équipe d'animation, où en êtes-vous ?

— Nous avons tout le monde, répond Isabelle très fière.

— Bien, bien, parfait. L'astrologue ?

— Elvire de Pasquatuelle.

— Je ne connais pas mais soit. Un nom à rallonges dans un générique, c'est toujours bon. Et votre savant fou ?

— Gaëtan. Gaëtan Bloom. Un comédien-magicien. Etonnant. Il fait des tours de prestidigitation absolument époustouflants.

— Parfait, parfait. Et le meneur de jeu ?

— Moi, dit Papa.

— Ah ! fait le directeur.

Et à nouveau, un froid polaire envahit les bureaux de TF2 tandis que le directeur se tasse un peu plus dans son Louis XVI revu Starck.

— Cela ne vous siérait-il donc point, monsieur le Directeur ? interroge Papa, onctueusement venimeux.

— Si, si, c'est une excellente idée. Seulement...

— Seulement ?

— Seulement, nous avions pensé... euh, comment dire ?... C'est sur les épaules de l'animateur que va reposer tout notre jeu, n'est-ce pas ?... Alors, peut-être serait-il plus vendeur, face à l'impitoyable concurrence, d'avoir un visage déjà connu des téléspectateurs... Euh, cher ami, vous êtes apprécié de la profession pour votre talent d'homme de plume... et de radio... mais, comment dire euh... la ménagère ne se retourne pas sur vous dans la rue. C'est pour cela, uniquement pour cette raison, que nous avions pensé confier l'animation de votre jeu à une vedette de notre chaîne, à un visage déjà ultra-populaire...

— Ce serait un plus, concède Robert.

— Incontestablement, renchérit Isabelle.

Et tous deux shootent dans les mollets du père pour qu'il s'écrase. Se sentant largué par les siens, Papa capitule.

Soulagé de cet appui inattendu, le directeur se laisse aller un peu plus au fond de son fauteuil. Le soupir qu'il lâche aurait fait à Venise crouler le Pont du même nom.

— Et donc vous avez déjà pensé à quelqu'un ? interroge Robert.

— Oui. A Baldupâtrec, notre spécialiste des catastrophes aériennes.

Un silence plus catastrophé qu'aérien s'abat sur le bureau 11 896. Mlle Plimain en halète de stupéfaction. Eh oui, même intra muros, ils arrivent encore à se surprendre.

— Baldupâtrec est une véritable idole populaire, explique le directeur sentant qu'il lui faut enfoncer le clou. C'est un pur produit télévisuel. Il fait des grimaces, il sait mimer les avions en chute libre et faire avec la bouche le bruit des moteurs en difficulté. Les gosses l'adorent. Et ne sommes-nous pas, wouaff, wouaff, tous de grands enfants ? C'est bien simple, chaque fois qu'un avion s'écrase, nous faisons un bond à l'Audimat. Vous l'avez vu, mardi dernier ? Non mais vous l'avez vu pour le DC 10 japonais ? Splendide !

Et le directeur se lève, met les bras en croix, penche la tête et part en croisière dans son bureau.

— Brrrrh, brrrrh, brrrrh... et pour la boîte noire ? Vous l'avez entendu ? Quand il s'est bouché le nez pour dire avec l'accent jap : « On tombe ! On tombe ! Banzaï ! » Etonnant, non ?

Succès mitigé. Il se rassied contrarié, toussote, range ses papiers, nerveux. Il y a à nouveau de l'Urgo dans l'air.

— C'est vraiment un de nos meilleurs éléments. Je vous assure, ce serait un plus pour votre pilote. Ah, ah, ah... pour votre pilote !

Isabelle, Rô-Rô et Papa sont consternés. Muets. Le directeur en profite pour placer une dernière banderille.

— Et Baldu est d'accord.

— Comment cela d'accord ?

— Oui, je lui en ai touché deux mots. Il est partant car il souhaite diversifier ses apparitions et donner un échantillonnage plus vaste de ses talents. D'ailleurs, nous allons l'appeler pour que vous fassiez plus ample connaissance. Mademoiselle Plimain ?

Quinze secondes plus tard, Baldupâtrec est là. Ou il est venu en Mystère 20. Ou il écoutait derrière la porte. Présentations, salutations. Papa au bord de l'apoplex'. Isabelle et Robert décidés à baliser.

— Alors voilà, se lance Isabelle, ce serait un jeu mettant en ressort les divers comportements psychologiques des candidats face à des situations insolites qui leur seraient proposées.

— Pâssionnant, pâssionnant, approuve Baldupâtrec. Et ce serait moi qui poserais les questions ?

— Oui, dit le directeur.

— Et je serais en gros plan ?

— Oui, oui. En gros plan.

— Bien, bien, approuve Baldu.

— Pour les aider dans leurs réponses, reprend Isabelle, les candidats bénéficieraient des conseils d'une astrologue...

— Quouaaaaaaah !

— Oui, dit Robert tout sourires parce qu'il pense que Baldu trouve l'idée géniale.

— Quouaaaaaah !

Et Baldu se lève. Balaye d'un revers de la main tout ce qui se trouve sur le bureau de Mlle Plimain. Puis se met à piétiner sur place en tapant à coups redoublés sur la cloison. Fouille ses poches et jette par terre tout ce qu'il y trouve. S'arrache les cheveux par touffes et fait mine de les manger. Shoote dans un halogène. Ça dure deux minutes et treize secondes, Swatch en main. Puis il se retourne vers Robert.

— Quouaaaaaaah ! Moi, un homme de sciences ! Ah, ah, ah ! Moi, un savant, un scientifique, un logiciel, un minitel ambulant face à une astrologue, une sorcière, une fakirette, une voyante ? Jamais ! Vous m'entendez monsieur, jamais !

Il se tourne vers le directeur, enfoui dans son fauteuil et tremblant.

— Monsieur le Directeur, en souvenir de la prime exceptionnelle que vous m'avez offerte pour la catastrophe du 747, j'oublierai cet incident déplorable. Même Michèle Cotta n'en saura rien mais n'y revenez jamais ! Monsieur le Directeur, à vous revoir. Madame. Messieurs.

Et il sort. Beau comme un con.

Isabelle, Rô-Rô et Papa ne mouftent pas et prennent l'air ennuyé. Mais ils jouissent. Mlle Plimain semble quant à elle profondément choquée. Le directeur s'éponge, regarde sa montre, la tapote et se lève.

— Je dois vraiment lever la séance. Le Ministre, vous comprenez.

Il les raccompagne vers la porte, prend Papa par le bras.

— Finalement, ce ne serait peut-être pas si mal si vous la présentiez vous-même cette émission.

— Je vais y réfléchir, laisse tomber le père sec comme une trique.

La séparation est fraîche. Et dans la voiture qui les remmène, Papa commence déjà à se faire incendier.

Le lendemain, Isabelle et Rô-Rô retournent à la télé. Sans Papa. Qui du coup m'emmène déjeuner. Je lui propose d'aller manger un hamburger au City Rock rue de Berri, on se retrouve à La Vache Dans La Cave, rue Boissy d'Anglas. C'est Papa qui y a programmé les bandes musicales accompagnant le cliquetis des fourchettes et les bouchons qui sautent. Alors, entre « Strangers in the night » de Sinatra et le dernier Matt Bianco, il a inséré la chanson qu'il vient d'écrire avec Fugain et depuis, il vient régulièrement déjeuner là pour vérifier qu'ils n'ont pas trafiqué sa bande et observer les réactions de la clientèle lorsque passe sa chanson.

— Raph, regarde !... Regarde la fille là-bas... Fourchette en l'air, œil pâmé ! Non, mais regarde-la cette salope, elle prend carrément son pied en m'écoutant !

— C'est pas toi qui chantes, Papa.

— C'est comme si, c'est comme si. Avec Michel, on a sué sang et eau sur cette chanson. Trois mois, trois mois on a mis pour trouver ce « T'es partie mais t'es partout. » Alors ?... Non, mais regarde-la un peu, elle en suffoque carrément la chère petite.

Et Papa de lui envoyer des petits baisers tout en se frappant la poitrine de l'index.

— Dis donc Papa, tu ne crois pas plutôt qu'elle a une arête au fond de la gorge, ta groupie ?

Evidemment, c'est moi qui ai raison. La fille pose sa fourchette, introduit deux doigts dans sa bouche, farfouille, retire, s'essuie à la nappe, déglutit et pousse un soupir.

La chanson est terminée et je puis vous jurer que cette fille ne l'achètera jamais. Du coup, c'est Papa maintenant qui a la tête du quidam venant de découvrir une arête en Y dans son hamburger. Mais il n'a pas le temps de geindre, Papy Jojo vient de se planter devant notre table.

— Salut Raph ! Salut Alexandre ! Dis donc, c'est toi qui as écrit ça ?... C'est super, ça va cartonner, tu tiens le tube.

Papa ron-ron. On oublie vite. Il invite Papy Jojo à s'asseoir à la table.

Papy Jojo c'est encore un pote du père. Musicôs. Le Roi du jingle. Il travaille dans la pub. Dure école. Celle où l'on n'a jamais plus de trente secondes pour faire entrer une mélodie dans la tête. Papy Jojo possède les synthétiseurs les plus perfectionnés du monde grâce auxquels, à lui tout seul, il peut sonner en changeant simplement de bouton comme le Philharmonique de Berlin, la trompette de Freddie Hubbard, l'accordéon d'Azzola ou les tambours du Burundi.

— Je viens de défenestrer une fille de chez Seguela, dit Papy en s'installant.

— Ah, dit Papa. Elle ne voulait pas ?

— Rien à voir, répond-il maussade. Je devais lui faire une musique, un quinze secondes, pour un aspirateur. En arrivant, elle m'a demandé de lui faire un truc genre Jean-Sébastien Bach. Un quart d'heure après, elle voulait du musette. Et puis elle s'est encore ravisée et m'a demandé le même thème mais traité en hard-rock et avec une touche de jazzy et un doigt de reggae. Et tout ça en quinze secondes. Elle souhaitait que ça fasse penser à Nescafé,

Arrivederci Roma, Rock around the clock et Ascenseur pour l'échafaud. Alors, je l'ai passée par la fenêtre.

Le studio de Papy Jojo est au rez-de-chaussée.

— Tu vas perdre le budget, dit Papa.

— Tant mieux ! Je pourrai écrire notre opéra.

— Il serait temps, soupire Papa.

Ils ont un projet commun. Un opéra pas comique. Ça s'appellera « L'homme est un fleuve sans queue ni tête » et c'est Papa qui écrira les lyrics. Il y a cinq ans que j'en entends parler.

Au bout d'un moment, la conversation se fait languissante et Papa suggère à Jojo de nous laisser seuls parce qu'on déjeune en amoureux et qu'il doit avoir une conversation avec moi. Ça tombe bien, répond Papy Jojo en se levant, parce qu'il faut que je retourne au studio, je dois faire un jingle Tampax, ils m'ont demandé un truc aérien. Il veut payer son café mais Papa lui dit laisse c'est pour moi, ils se bisouillent coco show biz et on se retrouve seuls.

Je m'installe confortablement en attendant mon banana-split. C'était trop beau. Fallait bien qu'il arrive le sermon pré-holidays.

Papa me dévisage, soupire, allume son havane, resoupire, me sourit, l'air gêné. Ça lui arrive rarement.

— Bon, ben, voilà euh... Mais c'est un secret entre nous, hein, tu me promets ?

Ouh là !

— Ben Papa, je ne peux pas promettre sans savoir de quoi il en retourne.

— Si, si, il faut que tu me promettes.

— Bon. Alors, je promets.

Et sous la table, je croise les doigts. Pas née de la dernière pluie, la petite coquine.

— Hervé m'a téléphoné. En secret. Personne n'est au courant. Ni Isabelle ni ta mère.

Là, mystifiée à être je commence vraiment.

— Nous... Euh, nous avons longuement parlé. D'homme à homme. En adultes responsables. Et...

— Et ?

— Eh ben, euh, Hervé a fini par me convaincre. Peut-être bien que je me trompe. Et que, euh, finalement, enfin voilà, Hervé et moi avons pensé — mais il ne faut pas qu'Isabelle et Dominique soient au courant — que ce serait tout compte fait peut-être quand même plus raisonnable de t'emmener voir un gynécologue.

Oh non !

— Quoi ?

— Rien Papa, rien.

— C'est tout ce que cela te fait ?

— Non Papa, c'est pas ça, mais...

Il faudrait que je lui dise. Qu'Isabelle. Puis Maman. Mais le courage me manque.

J'écoute donc Papa, résignée, m'expliquer que ce n'est pas parce que, qu'il faudra forcément. Que tous les garçons sont des salauds qui ne pensent qu'à. Et qu'il ne m'engueulera pas, non vraiment pas, si je reviens en l'état. Non au contraire. J'aurai même une prime.

Trois quarts d'heure plus tard, nous nous retrouvons dans le salon d'attente de chez Nathalie Bonère. Qui manque défaillir lorsqu'elle me découvre pour la troisième fois en trois jours installée dans le Roche et Bobois, avec le même *Jours de France* sur les genoux.

Mais le secret d'Esculape, ça existe, et la gynéco ne bronche pas.

Ridicule ! Ridicule ce départ. Il n'y a rien au monde de plus grotesque que les gens qui en accompagnent d'autres sur un quai de gare. Vous êtes là, dans votre compartiment, à la fenêtre, les autres sont sur le quai et plus personne ne sait que se dire en attendant que le préposé ait loqueté les portières. Alors, cela donne de longs silences troués de banalités du genre : « T'as pas oublié ton thermolactyl ? Te mets pas au soleil les premiers jours ! Ne te baigne surtout pas après le déjeuner ! Aide à débarrasser et fais ton lit le matin ! » Aaah grrhhh ! Tout cela sous le regard goguenard de vos futurs compagnons de croisière.

Alors là je craque. Car ils sont tous venus, ils sont tous là : Maman, Isabelle, Hervé, Papa et Tonton Rô-Rô. En rang d'oignons devant ma fenêtre. J'en meurs de honte. D'autant que deux compartiments plus loin, il y a toute une bande de cons narquois qui n'en perdent pas une évidemment. 17-18 ans. Ils s'en donnent à cœur joie, je vous dis que ça.

— Ce doit être quelqu'un d'important... Visez un peu la délégation... C'est peut-être la Princesse Stéphanie... Putain, le quai est plein de gorilles... Y a même un chauve à l'air suspect !

Aussi, lorsque arrive Malvina flanquée de son frère Didier, même si je n'ai pas les atomes crochus, je leur saute carrément au cou. Et je me retourne vers les familles qui piétinent.

— Bon, ben, maintenant, vous pouvez vous en aller.

Finalement, ça les arrange plutôt parce qu'Hervé vient de vendre des ordinateurs français à des Japonais et a retenu, pour fêter l'événement, une table chez Dodin Bouffant et qu'ils ont tous les crocs. On se fait plein de bisous par la fenêtre et ils s'en vont. Sauf Papa !

— Tu te souviens, Raph ? Pas de bêt...

— Merde, Papa !

Il rigole.

Quand il passe devant le compartiment des garçons, toujours hilares à leur balcon, un immense rototo le salue. Papa s'arrête, fait demi-tour, s'approche lentement du wagon et lâche à son tour un rot chaliapinesque.

Le train s'ébranle.

Honnêtement, je ne sais s'il y a eu rapport de rot à effet mais c'est carrément spectaculaire et, béats d'admiration, les loulous du compartiment deux applaudissent à tout rompre en hurlant : « Au r'voir Papa ! A bientôt Papa ! On t'écrira Papa ! »

Et dans la foulée, tout le train, tous les compartiments des onze wagons qui suivent emboîtent le pas : « Au r'voir Papa ! A bientôt Papa ! On t'écrira Papa ! »

Le père, aux anges, cigare au bec, saluant les wagons.

— Tu ne seras jamais un patron ! lui dit Robert en hochant la tête.

— Ouais, mais je vais peut-être bien faire homme politique. T'as vu la cote ?

Et ils rejoignent les autres, déjà au quai du bout.

Nous roulons depuis une demi-heure. A part nous trois, dans le compartiment, il n'y a qu'un couple de vieux Espagnols qui se sont installés d'office coin couloir. Ils ont déjà sorti les sardines, le chorizo et le Côtes du Ventoux 10°. Didier, lui, est parti « en repérage ». Avec Malvina, nous avons échangé quelques banalités et puis elle s'est plongée dans *Elle* et moi dans *Le Monde.* Je ne le lis jamais sauf en voyage parce que ça fait intello et que comme ça les militaires ne vous enquiquinent pas. Je suis en train de terminer, révulsée, un article sur des cons de Néo-Zélandais qui cherchent à organiser un championnat de lancer de nains, record neuf mètres, lorsque Didier fait sa réapparition et enjambe pardon Monsieur et Madame Chorizo.

— Alors ? interroge Malvina en levant un œil.

— Compartiment d'à côté, zéro. Deux troufions, un curé et deux grosses. De l'autre côté, c'est pire encore. Genre la famille nombreuse avec Mémé qui sucre les framboises et deux gniards qui ont fait dans leurs Pampers. Mais après, c'est nettement mieux, il y a toute une bande. Que des mecs. Sauf une fille. Super-mignonne. Mon âge.

— Et les garçons ? demande Malvina.

— Oh, des vieux ! 17-18 ans. Mais ce doit être des bons. Y a plein de journaux de fesse sur la banquette.

— Essaye d'en savoir plus, dit Malvina sans lever l'œil de Marcelle Ségal.

— Tout se négocie, lui lance Didier.

Il a quatorze ans et des poussières. Plutôt mi-mi. L'air déluré. Les cheveux trop longs dans le cou. Lunettes d'écaille, genre cadre BNP confiez-moi votre oseille. Chemise Lacoste bleu ciel de Picardie. Bermuda de chez Renoma. Baskets.

Malvina hausse les épaules.

— Que veux-tu savoir ? réattaque Didier. Et combien tu offres ?

— Prénoms. Age. Description physique. Ce qu'ils font, d'où ils sortent, où ils vont. Trente francs.

— Quarante !

— Trente-cinq !

— D'accord !

Didier se relève, réajuste ses lunettes, réenjambe pardon les Chorizo et disparaît.

— C'est un super-rabatteur, dit Malvina en me souriant.

Je rends le sourire.

— T'es vierge ?

Je zyeute les Chorizo qui n'ont pas pipé-radé. Ça doit pas se dire pareil du côté de Bilbaüche.

— Non... Enfin, c'est-à-dire oui encore. Et toi ?

— Non, non.

Et on se remet à lire. Enfin à faire semblant. Mine de rien, on est en train de se renifler. Histoire de savoir si on va faire amie-amie à Miami. Ou guerre des stars en strass.

A part ça, j'ai des gargouillis dans l'estomac, j'attaquerais bien le pique-nique paternel mais je ne veux en aucun cas être la première. Imaginez un peu qu'elle fasse apparaître du Beluga de son Vuitton pendant que je déchiquette mon sandwich au lapin, j'aurais l'air vraiment tarte.

La porte s'ouvre. Ce n'est pas Didier, mais la fille

du compartiment des garçons. C'est vrai qu'elle est mignonne. Ravissante même.

— Bonjour !

— Bonjour !

— Je peux venir m'asseoir avec vous ? Didier m'a piqué ma place là-bas.

— Oui, bien sûr. Entre.

Elle enjambe pardon les Chorizo.

— Je m'appelle France. Et vous ?

— Voilà Raph. Moi, c'est Malvina.

— Raph ? C'est marrant comme nom. T'es Amerlocaine ?

— Non, je proteste. Française à 100 %. Mon arrière-grand-père a fait la Marne, mon grand-père la Ligne Maginot et Papa a raté de peu l'Algérie. Raph, c'est tout simplement le diminutif de Raphaële.

— Ah bon, c'est mignon. Et vous allez où en vacances ?

— A La Baule.

— Super ! Nous aussi !

Et elle parle, elle parle. Un vrai piou-piou. Mais très vite, l'on s'aperçoit qu'elle ne dit rien et cherche à tout nous extirper. Si on se connaît bien. Quel âge on a. Ce que font nos parents. Où on va habiter. Combien on a d'argent de poche. Si on couche. Si on va retrouver nos petits chéris là-bas ou si on est à l'ANPE du flirt. In-sen-sé.

Et puis, lorsqu'elle a l'impression de nous avoir tout soutiré, bon ben voilà, je vais aller rejoindre les autres, elle se lève.

— Dis donc France, j'interpelle, j'espère au moins qu'ils t'ont bien payée.

— Evidemment.

Nature, la petiote.

— Combien t'ont-ils donné ?

— Quinze francs.

Hallucinant ! Roudy n'a rien changé. Les femmes continuent d'être sous-payées.

— Tu veux doubler la mise ? propose Malvina tout en me consultant vite fait du regard.

Je fais signe imperceptible que j'accepte de co-sponsoriser.

— Comment ? demande France alléchée.

— Ben, tu nous dis tout sur ceux avec qui tu voyages.

— D'accord.

Et elle se rassied.

Elle comprise, ils sont cinq. Elle est la seule fille. D'abord, il y a Michel, son frère. Dix-sept ans et huit mois. Bachelier depuis quelques jours. Mention bien. Tout pour plaire. Vachement mignon, nous explique France.

On réclame des détails.

1,76 m. Cheveux châtains. Œil bleu lagon tahitien capable de virer au vert émeraude, si, si, c'est vrai. Pif aquilin. Lèvres sensuelles. C'est toujours France qui parle. Elle devrait vendre chez Darty. Elle fourguerait une télé sans l' son à Montagné et un walkman à Beethoven. Michel est un bosseur. Mais maintenant qu'il a décroché son bac, il est fermement décidé à rattraper le temps perdu. Les baigneuses de la Côte d'Amour vont en voir de toutes les couleurs.

Jean-Marie et Féfé, les inséparables. Dix-huit ans. Gentils et drôles. Mais de vrais glandeurs professionnels. Le bachot, ils viennent de le louper. Haut la main. Carrément dramatique. Même eux, ils ont eu honte pendant pas loin d'une demi-heure. Maintenant, c'est passé, ils vont mieux.

Jean-Marie n'est pas très grand. Bien enveloppé, les cheveux bruns légèrement frisottés, le teint hâlé, les yeux noirs. Otchi-chor-naya. Il a quitté Oran quand il avait un an. Pas de souvenirs précis bien sûr mais la nostalgie. Les bouleaux le laissent froid, un palmier le fait flipper. Et, au jésus de Morteau, il préfère définitivement la merguez. Ses parents sont dans la fripe.

Féfé, c'est tout le contraire. Il a en longueur ce que son copain a en épaisseur. 1,88 m/87. L'échalas. Maigre : on lui voit les côtes même quand il n'est pas au bord de la mer. Il joue la carte British à fond : moustaches gominées de colonel des Indes, veste en tweed de chasseur de grouses et John Players Spécial. Père, diplomate, jamais là ; mère, harpiste, rarement là.

Jérôme, enfin. Dix-sept ans. 1,72 m. Mince, fluet, blond. Prépare les Beaux-Arts. On dirait une miniature, explique France. Ses traits sont trop doux, ses attaches trop fines, ses cils trop longs. Drôle de mec, soupire-t-elle, moi avec lui je ne pourrais pas.

Voilà, c'est tout. La bande se rend en vacances dans la villa des parents de Jérôme. Ils sont marchands de tableaux. Une galerie à Paris, une à Cannes, une à Genève. Friqués mais sympa. La preuve, c'est qu'on ne sait même pas quand ils vont venir. Ça dépendra de ce qui se passe chez Sotheby's.

Remue-ménage dans le couloir. Nos voisins défilent à la queue leu leu. Rigolards mais pas vraiment courageux. En nous regardant comme s'ils ne nous voyaient pas. Genre ligne bleue des Vosges. Le clope au bec pour faire mec. Didier ferme la marche. Il s'arrête à notre porte, et enjambe une fois de plus pardon les Chorizo.

— Vous en faites pas les filles. On va juste faire un tour au Bar-Corail. Il paraît que la stewardesse a des seins terribles, même qu'on en voit presque les pointes à travers le tissu qu'est arachnéen.

Il s'en va pardon puis revient sur ses pas.

— Ah oui, France, ils ont demandé que tu

retournes au compartiment, pour garder leurs affaires. Ils te rapporteront un Coca.

— Ils ne pouvaient pas le dire eux-mêmes ?

— Sont pressés.

— D'accord, j'y vais. Mais avec une paille, le Coca.

— A plus ! nous lance Didier et il rejoint ses nouveaux potes en roulant.

France part gagner son drink en vigilant.

— Ils sont un peu tartignolles, laisse tomber Malvina.

— Ouais.

— Tu en as repéré un ? elle me demande, l'air de pas.

— Ouais, peut-être.

— Michel ?

— Ouais, Michel.

— Tu as bon goût, sourit Malvina. Ben, on va se battre, hein ? A la loyale ?

— Si tu veux.

— Evidemment, susurre Malvina, au départ, j'ai un avantage.

— Ah bon, lequel ?

— Je couche, moi.

C'est bien simple, je la hais.

Ma chambre est plutôt mignonne. Très ensoleillée. Deux lits jumeaux, serait-ce un signe ? Une vieille table de bistrot bancale, du genre de celles où il faut toujours glisser un dessous de bière en carton sous l'un des pieds si l'on ne veut pas que le Ketchup parte tous azimuts à l'instant où l'on découpe l'aile du poulet. Trois fauteuils en paille. Des tables de nuit désassorties. Une grande armoire bretonne qu'on a oublié de cirer depuis la guerre des Chouans. Sur les murs, un papier peint démodé et jauni, genre courtisanes qui descendent de leurs carrosses sans se péter la gueule mais en montrant tout de même un peu trop de leurs gracieux mollets. Un minuscule cabinet de toilette avec une douche qui fait ouin-ouin quand on la touche.

La chambre donne sur le jardin, de plain-pied. Dehors, c'est carrément l'Amazonie. Palmiers. Tilleuls. Pruniers. Boules de lavande pleines d'abeilles qui usinent et de bourdons qui bricolent. Herbes folles, rosiers et orties. C'est ravissant, désordonné, parfumé.

Bizarrement, cette maison, au contraire des Lalicorne, a une âme. Genre ancienne demeure de famille. Naissances, baptêmes, noces et deuils. On s'attend presque à croiser à chaque détour de couloir une vieille dame aux cheveux argent, à la longue robe noire et au sourire empli de tendresse.

La demeure part un peu à vau-l'eau car Harold a décidé de ne pas faire de frais. Ils ne viennent ici qu'en juillet, préférant passer août et septembre dans leur mas tropézien et l'hiver dans leur chalet de Gstaadt.

Cela dit, leur chambre et le living, ils l'ont quand même fait redécorer par Fournel, le décorateur qui monte. C'est le summum du faux bon goût, genre Adagio d'Albinoni quand t'allumes la lampe dans les chiottes et têtes de lions empaillées en guise d'accoudoirs pour le canapé six places avec, planquée dans la crinière, télécommande pour la platine Marantz et le magnétoscope Hitachi.

La chambre de Malvina, à deux pas de la mienne, donne également sur le jardin. Elle n'a pas voulu qu'on la refasse. Seule, la salle de bains a été revisitée par Fournel et le résultat est génial. Si l'on aime le style Hollywood. Moquette partout même sur les murs. Escalier de plastique transparent pour accéder à la baignoire ronde, vraie piscine, avec jacuzzi et appuie-tête gonflables aux effigies de Richard Gere, Marc Lavoine et François Léotard.

Didier dort au premier étage. Pas loin de ses parents. Qui font chambre à part. Chez lui, c'est bordel and C°. La chambre du loulou-type. Vieilles bagnoles miniatures dépiautées, Monopoly taché, calculettes sans piles, pick-up Teppaz et 45 t New Wave, posters Clint Eastwood et The Cure, Jules Verne de chez Hetzel et Histoire d'O en édition de poche.

Josyane Lalicorne est venue nous chercher à la gare. Au volant de sa Visa décapotable rouge magnolia. Evidemment, Malvina est montée devant pour frimer, Didier et moi nous sommes empilés derrière avec leurs Vuitton et ma Delsey.

Au moment où nous quittions la gare, nous

sommes tombés sur la bande qui attendait l'autocar. Didier a envoyé un petit bisou à France qui le lui a rendu, cool. Malvina, sourire carnassier, a vampé Michel et moi j'ai piqué un fard lorsque Jean-Marie m'a adressé un clin d'œil salace. Ben oui quoi, c'est comme ça ! Deux mille ans de civilisation judéo-chrétienne, ça ne s'efface pas en un Paris-La Baule.

Quant à Féfé, il s'est incliné, très Quai d'Orsay devant Josyane Lalicorne qui l'a dévisagé, quelque peu surprise mais amusée, du moins m'a-t-il semblé.

Lorsque nous sommes arrivés à la maison, Harold Lalicorne nous attendait sur le perron. Bronzé, sûr de lui, con.

Dans le jardin, il y avait une Dom Pérignon au frais. Parce qu'il venait de faire un coup de Bourse et d'empocher quatre cent mille francs net.

— J'ai été idiot, m'a-t-il dit, j'aurais pu donner le tuyau à ton vieux. C'était du sûr à 110 %.

J'ai failli lui dire que c'était vraiment un con doublé d'un salaud mais je me suis écrasée. De toute façon, dans ce monde pourri, c'est bien connu, l'argent va à l'argent.

Les deux premiers jours, Malvina et moi ne mettons pas le nez dehors. Il faut d'abord bronzer. Ça fait monter la cote. Alors, tartinées de pommades, huilées au spray, réchauffées au gel, noyées dans les crèmes, on joue à faire pile et face, allongées nues sur nos matelas posés à même la dalle brûlante.

Le second jour, France vient nous rejoindre et s'allonge à nos côtés. En gardant son soutien-gorge. On a beau lui dire que c'est bien plus joli d'être bronzée partout et que l'on sait comment c'est fait puisqu'on en a deux nous aussi, rien n'y fait. Elle reste ferme sur la bretelle.

Au bout d'une heure, elle craque.

— Je ne vous montre pas mes seins parce qu'ils sont trop petits. Voilà, c'est tout.

— Mais c'est normal. Ils vont encore grandir.

— Non. Ils ne poussent plus. Des mandarines ! Des mandarines, voilà tout ce que j'ai. Minable !

— Et tu voudrais quoi ? Des oranges ?

— Des pamplemousses ! Les garçons n'aiment que ça ! Et puis... Et puis, il y a plus grave.

On sent que France a envie de parler, de se confier.

— Quoi ! lui demande Malvina en souriant aussi gentiment qu'un exutoire.

— J'en ai un qui est plus gros que l'autre.

— Le gauche ?

— Oui.

France a l'air surprise. Cela se voit donc autant ?

— Normal. Nous sommes toutes pareilles, France. Le droit se forme toujours un peu moins vite, c'est une question d'hormones, mais un beau jour il finit par rattraper le gauche. Tu vois ? C'est bien là la preuve qu'ils poussent encore tes seins. Tu sais, cela ne se fait pas en huit jours ce truc-là, il faut bien deux ou trois ans avant qu'on atteigne sa poitrine de croisière.

— Ah bon, soupire France, ouf, je respire.

Et elle dégrafe son soutien-gorge.

Deux petites boules de coton roulent sur le sol.

Et alors ? Vous n'avez jamais entendu parler, vous, de ces chanteurs de rock and roll qui font la même chose dans leur cuir noir pour affoler les minettes ?

On reprofite du soleil en silence puis Malvina, l'air de pas, repart aux nouvelles.

— Et comment cela se passe de l'autre côté ?

— Bien, répond France, sauf que c'est vraiment pénible de cohabiter avec quatre garçons. Comme les parents de Jérôme ne sont pas encore arrivés, c'est vraiment le bordel là-bas.

Elle est la seule à occuper une chambre. Les autres se sont tous installés dans le living. Solidarité et moins de ménage à faire. Ils ont repoussé tous les meubles contre le mur et ont entassé leurs matelas par terre, les uns contre les autres. La pièce a été rebaptisée « Le Baisodrome » mais on se demande bien pourquoi parce qu'à part faire les courses, ils n'ont pas mis le nez dehors et y en a même pas un qui ait adressé la parole à une femme, sauf à l'épiç'mare qu'elle a 73 balais et qu'elle est vraiment pas bandante.

— Mais alors, que font-ils de leurs journées ? je questionne.

— Rien. Ils picolent. Ils se battent à coups de polochons. Ils écoutent de la zik-mu. Et ils parlent de vous.

— Ah bon !

Malvina et moi en même temps. Peter et Sloane. Besoin de rien, envie du reste.

— Oui, vous avez le ticket.

— Qui avec qui ? on demande, toujours synchrones.

— Oh, toutes les deux avec tous. Vous savez, ils ne sont pas très difficiles. Et puis, comme vous êtes les seules qu'ils aient vues, ils fantasment un max. Féfé, en prime, fantasme sur ta mère, Malvina. Il est persuadé qu'il a la barre avec elle.

— Ah bon ?... Peut-être après tout. En tout cas, voilà qui m'ouvre des horizons, répond Malvina en se faisant toute pensive.

Et elle nous explique qu'entre ses vieux, ce n'est plus vraiment le big love. Que son père affiche en permanence à Paris une ou deux maîtresses. Et qu'il y a longtemps déjà qu'elle encourage sa mère à rendre la monnaie de la pièce. Aussi, comme Harold doit s'en retourner à Paris incessamment sous peu, peut-être cela pourrait-il être rigolo après tout d'essayer de favoriser une idylle adultérine.

Moi, cela me sidère un peu sur le coup mais en y réfléchissant à deux fois, je conviens qu'au nom des femmes bafouées, il est effectivement grand temps de passer à la contre-offensive, halte au machisme, ras-le-bol du harcèlement sexuel sans compter que sur un plan personnel cela me ferait plutôt jouir de voir cocufier sur la place publique cet imbécile d'Harold qui a « oublié » de faire gagner quarante briques à mon père qu'est pas loin d'être dans la misère.

France nous tire ensuite, sans avoir l'air d'y palper, quelques renseignements sur Didier. On la rassure qu'il parle souvent d'elle et qu'il nous a avoué la trouver très jolie. France en rosit de bonheur mais garce elle est déjà. « J'étudierai son cas avec bienveillance, nous lance-t-elle sans rire, quoique j'avoue le trouver un peu jeune pour moi ! » Seigneur ! Ayez pitié de vos ouailles !

Vers 17 heures, Josyane et son fils rentrent de la plage. Evidemment, Missiz Lalicorne, elle, n'a pas notre problème. Bronzée toute l'année elle est. Avec son mari, elle « fait » tous les festivals de cinéma. Ils vivent ainsi dans le sillage des stars et déjeunent à la piscine du Majestic en même temps que Liz Taylor et Dustin Hoffman. Même si ce n'est jamais à la même table. Une fois sur cinq, on arrive quand même à les apercevoir dans les plans larges du Journal de 13 heures et ça leur permet d'esbrouffer les ploucs avec qui ils sont en affaire.

— Nous avons vu vos olibrius, annonce Josyane. Allongés sur le sable. Rose crevette et moroses sinistres. Vous devriez un peu aller les draguer, ils s'étiolent.

— On y songe, on y songe, répond Malvina, laisse-nous prendre d'abord des couleurs. Mais de toute façon, Maman, c'est toi qui as le ticket maxi.

— Ah bon ? elle rit.

Elle est plutôt jolie. Trop apprêtée d'accord et à cet âge délicat où, à la fin d'un sourire, la peau se remet en place plus lentement qu'auparavant. N'empêche que j'aimerais bien être comme elle quand j'aurai 39. Ses seins sont fermes, la jambe est fine et la hanche bien ronde. Y a que l'intellect qui pèche vraiment.

— Oui Madame, appuie France, il y en a un, vous lui avez vraiment tapé dans l'œil.

— Pas possible ! elle minaude.

— Si, si, c'est Féfé.
— Je ne vois pas...
— Celui qui a l'air d'un British, lance Malvina. Il paraît qu'il ne parle plus que de toi. Moi, à ta place, Maman...
— Malvina ! Cesse de dire des bêtises !
Elle a l'air choqué. Mais Malvina enfonce le pieu. Que ça fait des années que son mari la trompe, qu'elle est la risée du Tout-Paris-La Baule-Saint-Trop-Gstaadt-les Festivals et que c'est pas quand elle aura cinquante balais qu'elle pourra se venger.
Discrètos, je fais signe à France de se lever et nous nous éclipsons comme la lune, parce que cela devient vraiment gênant d'assister à l'algarade.
On part dans la cuisine ranger les verres d'Orangina secouez-moi et, cinq minutes plus tard, Malvina nous rejoint en riant.
— Venez ! nous dit-elle avec un clin d'œil.
On retourne se réinstaller près de la mère qui s'est posée sous le parasol pour se tirer las cartas.
— Dis-moi France, attaque-t-elle aussi sec, je viens d'avoir une idée.
Il va pleuvoir.
— Ce serait bien si nos deux petits groupes faisaient connaissance. Parti comme c'est parti, les vacances vont se terminer et personne n'aura osé parler à personne. C'est idiot de se regarder en chiens de revolver.
Quand je disais qu'elle était moule ! On dit chiens de faïence ou chiens de fusil, mais jamais chiens de revolver.
— Oui Madame, ça c'est vrai, approuve France sans vraiment savoir où son interlocutrice veut en venir.
— Alors voilà, reprend Josyane, demain, j'invite tout le monde à venir prendre l'apéritif ici.
— Génial !

— Oui, oui, répond la mère de Malvina tout en se tirant un dix de trèfle — de l'argent, toujours de l'argent —, vous n'aurez qu'à venir tous vers 17 heures. Pas avant. Car il faut que j'accompagne Har... enfin mon mari à la gare.

— C'est super ! dit France visiblement ravie. Je vais aller l'annoncer tout de suite à la bande. Je pense que je peux retourner là-bas maintenant. Quelle heure est-il ?

— 18 h 20.

— Alors, ça va, je peux rentrer.

— Pourquoi ? je demande. Ils t'avaient lourdée ?

— Ouais.

— Warum ?

— Ils faisaient un match de pénis.

— Un quoi ! sursaute tout le monde.

— Ben, un concours. Pour voir celui qui avait le plus long.

On en hoquète de rire. On en pleure. A les imaginer en train de se mesurer leurs petites machines de guerre sur la table de la cuisine.

— Et c'était quoi le prix ? interroge Josyane en s'essuyant le rimmel qui a coulé.

— Oh ça Madame, je ne peux vraiment pas vous le dire.

— Mais si, mais si, elle insiste. Maintenant, tu nous en as trop dit pour t'arrêter en chemin.

— Bon, ben, comme vous voulez... Le prix, c'était vous, madame.

De stupeur, Josyane Lalicorne en laisse choir sa carte.

Valet de cœur.

Un jeune homme qui vous veut du bien.

Le lendemain, à 17 heures pile Wonder, ils débarquent. Ils sont venus, ils sont tous là, elle va mourir la Mamma. Une bouteille de pineau des Charentes chouravée à la boutique Antar sous le bras. Sapés comme des ministres de la cohabitation.

C'est Féfé qui ouvre la marche. Petit costard croisé, bleu marine, chemise blanche à col Arrow, cravate club et baskets roses. Il fonce droit sur Josyane Lalicorne, s'empare de sa main qu'il porte à ses lèvres — on jurerait Omar Sharif sauf qu'avec Féfé il y a un bruit de succion auquel l'Egyptien ne nous a pas accoutumés —, conserve la menotte Lalicorne captive entre ses paumes tout en dégoisant son compliment « Aaaah, chère madame ! Nous ne voudrions surtout pas abuser de l'hospitalité charmeuse, permettez-moi donc itou de me présenter myself, Jean-François Lebarron, dit L'Elégant, Féfé pour les intimes, appelez-moi donc Féfé Chère mâdâme puis-je vous appeler Josyane ma mère avait une amie également prénommée Josyane aussi ravissante que vous enfin presque parce qu'aussi que vous ce n'est vraiment pas possible. »

Et il reprend son souffle. France et Didier en profitent pour entamer le cérémonial des présentations. Puis l'on s'assied autour de la table parasolée avec les olives, le Martini, le Coca, la Badoit et les cacahouètes salées disposées dans une assiette Vallauris où l'on peut voir un homard orange en train de faire du gringue à quelques moules accrochées à leur rocher pour l'éternité.

Michel et Jérôme ont eux aussi joué la carte de l'élégance mais plus décontractée que Lebarron quand même. Seul, Jean-Marie est cool : jean et tee-shirt « Le Pen me peine ».

France est toute mignonne dans une combinaison jaune. Elle a remis du coton dans son soutien-gorge ou alors ça a poussé comme les champignons après l'orage. Malvina a piqué une jupe fendue et un chemisier de soie à sa mère. Je suis forcée de reconnaître qu'elle en jette. Un peu Gene Tierney quand elle affolait Bogart. Quant à Josyane Lalicorne, elle porte une petite robe de cocktail de rien du tout de chez Schiaparelli. Moi, je jean et baskets tout comme Jean-Marie.

Et ça converse. Mou. Parce que les mecs, on a beau dire ils sont quand même dans leurs petits souliers et puis Malvina et moi nous sommes mises d'accord pour les laisser ramer et mariner un peu dans leur jus. Du coup, c'est Maman Lalicorne qui fait la converse mais comme elle n'a pas inventé le moisi dans le roquefort, ça ne vole pas vraiment plus haut qu'un aigle miro.

— Alors... ces études ? elle demande par exemple.

— Oh ! Vous savez... les études, c'est pas ce qui nous câble vraiment, répond Jean-Marie en faisant remuer ses doigts de pied dans ses baskets percés.

— Sauf Michel ! précise France. Lui, il vient de décrocher le bachot et avec mention if you please.

Tout le monde se tourne donc vers Michel qui salue mi-fier mi-embarrassado. C'est vrai qu'il est mignon. Un peu trop clean, à mon goût. Y a pas, je préfère le style voyou. J'observe Malvina. Elle est carrément en train de le vamper et l'autre en a la pomme d'Adam qui joue à l'ascenseur. Je ne sais d'ailleurs pas à quoi ça peut servir d'autre ce cartilage idiot.

Ah ! La conversation reprend. C'est Jean-Marie.

— D'accord, Michel a eu le bac mais il danse comme une patate !

— Ah bon ! Et vous ? Vous dansez bien ? demande Josyane.

— Ouais, ouais. L'année dernière, j'ai fait premier au concours de rock du podium Ouest-France.

— Moi, j'adore le tango ! reprend Josyane en souriant à Féfé.

— Ouais, nous pas vraiment, continue Jean-Marie. Nous serions plutôt tendance Métal. Le Hard, quoi. Motley Crüe. Iron Maiden. U-2 à la rigueur.

— Bien sûr, bien sûr, répond la mère qui n'entrave que dalle.

On parle un peu rock, Dire Straits et tout, mais sans passion. Et c'est de nouveau l'impasse. On n'entend plus que les cigales dans la lavande, les glaçons dans le pineau et le ventre de Jérôme qui gargouille. Michel essaye vainement de capter le regard de Malvina qui, bonne tacticienne, a décidé de faire monter les enchères en ne le regardant plus. Moi, j'observe un peu tout le monde, mais à la dérobée. Quand quelqu'un me fixe, je n'insiste pas. A la limite, ce serait Jean-Marie qui me plairait le plus mais Papa peut dormir sur ses deux oreilles, c'est pas ça qui m'aura.

Il y a encore un long silence. Si au moins, il se mettait à pleuvoir, ça nous ferait un sujet de converse. Mais le ciel reste bleu azur. Putain d'anticyclone des Açores.

— Vous aimez nager ? je demande alors à la cantonade.

— Non ! répond la cantonade.

Unanimité. Puis, explication de vote.

— Faut être timbré ! L'eau est trop froide !
— Et puis elle est polluée !
— Y a des algues !
— Et des méduses !
— Et des requins !
Mais non, mais non, ça c'est faux. Mais si, mais si, l'année dernière, des requins on en a vu près des côtes. Même qu'ils étaient gros. Mais non, voyons. Mais si chère mâdâme, seulement, ils ont étouffé l'affaire pour que les campeurs flamingands ne s'en aillent pas aussi sec en Andalousie. Ah bon, vous croyez vraiment ? Puisque je vous le dis. Soit mais enfin la Loire-Atlantique ce n'est quand même pas la Floride. Oh, c'est du pareil au kif, si vous y regardez bien.
Et le débat de s'éteindre comme la Bovary.
— Finalement, nager j'aime bien, concède Michel.
— Moi aussi ! j'approuve.
Du coup, tout le monde me dévisage. Et Michel me regarde en souriant. Comme s'il me découvrait. Alors, brusquement, je me sens des ailes. Tiens, tiens, et si je grillais Malvina au poteau ?
— Si tu veux, je lance, demain, nous irons nager ensemble.
— Excellente idée, répond Michel.
Et il se tourne vers Malvina.
— Tu viendras aussi Malvina ?
Le salaud.
— Avec joie.
La salope.
— On pourrait tous se retrouver ? hasarde Jérôme.
— Ouais, génial !
Tiens comme c'est bizarre, brutalement, voilà qu'ils aiment tous faire trempette dans l'eau salée. Souvent homme varie.

Et Féfé se relance, héroïque. Il reprend la main de Josyane Lalicorne, la réempalme, la represse.

— Bien entendu, chère Jôsyane, vous serez des nôtres, vous zaussi ?

Elle sourit, énigmatique.

— Je vais à la plage tous les jours, Féfé.

Féfé s'en incline puis regarde ses potes, l'œil droit à demi fermé, le torse avantageux. Chapeau ! Quelle maestria. Hélas, trois fois hélas, pourquoi faut-il toujours qu'il y ait un picador vicieux lorsque le toro est brave ?

Didier porte l'estocade.

— Te fatigue pas Féfé ! Si Maman va à la plage tous les jours, c'est parce qu'elle est amoureuse du maître-nageur !

Gloup. Quinze-zéro.

— Didier ! Veux-tu te taire ! Tu racontes n'importe quoi !

— Peut-être, peut-être. N'empêche qu'il te regarde comme si t'étais la Vénus d'Emilio.

Et pourquoi pas la Victoire de Çam'embrasse ?

— Mon cher Didier, dit Féfé en se levant car il est tard, tu apprendras qu'il n'est pas de citadelle imprenable.

Et il sourit à Josyane dont les paupières frémissent imperceptiblement.

Je ne suis pas aussi flambeuse que Papa mais je mettrais bien dix balles sur Harold cocu avant la fin de l'été.

Dans la vie, il y a des jours avec et des jours sans. Dès mon réveil, je pressens que ce sera un jour sans. La maison est calme. Malvina s'est levée de bonne heure et a mis les voiles, direction le tennis. Histoire de voir, me dit sa mère, si l'un de ses flirts de l'année dernière ne serait pas dans les parages. Didier, lui, s'en est allé rejoindre France au golf miniature. Quant à Josyane, elle a sous ses Ray-Ban les yeux rouges de s'être apostrophée téléphoniquement avec son Harold qui vient carrément de lui annoncer qu'il s'envolait direct pour le Festival de Taormina et sans repasser par La Baule.

Je tartine donc en solitude mon pain grillé dans le jardin lorsque le téléphone re-dring. C'est Papa et apparemment ça ne va pas fort non plus dans la capitale. Le vrai blues. Comme seul Muddy Waters sut le chanter. My baby's gone and I'm all alone in the city. Papa me donne les dernières nouvelles. Qu'il pleut. Des cordes. Que « les autres » le tiennent de plus en plus à l'écart du projet télé depuis qu'ayant décroché inopinément un appel de Mlle Plimain qui ne lui était pas destiné il a gentiment suggéré à ladite Plimain d'aller se faire empapaouter aux Galapagos, seul territoire où l'on voudrait peut-être de sa tronche ravagée et de son haleine pestilentielle. Que Tonton Rô-Rô est bien évidemment tombé fou amoureux d'Elvire de Pasquatuelle et cherche à emménager chez elle car il ne tient pas à ce qu'elle visite son gourbi mais qu'Elvire résiste pied à pied, non pas que Robert lui déplaise mais comme elle doit avoir incessamment Mars dans Vénus elle ne voit vraiment pas pourquoi elle se lancerait dans une nouvelle aventure sentimentale irrémédiablement destinée à boire la tasse. Qu'Isabelle passe ses journées, enfermée dans son atelier, à préparer le pilote ou à peindre, ce qui revient au même vu qu'elle ne peut engendrer que dans la souffrance, l'agonie, le silence et l'isolement le plus absolus. Que Steph s'est envolé pour les Amériques et qu'évidemment il n'a même pas téléphoné pour dire qu'il était bien arrivé, enfin puisque Baldupâtrec n'a annoncé aucune chute de charter, on peut raisonnablement supputer que le fiston est bel et bien à New York.

Et que bref, si ça continue, il ne voit vraiment pas pourquoi il resterait à Paris et qu'il viendrait bien me rejoindre mais que ça l'emmerde de faire la converse aux Lalicorne et puis est-ce qu'il y aura une seule minette entre La Baule et Le Croisic à vouloir d'un vieux birbe comme lui, dis donc tu n'as pas fait de bêtises au moins, allez je t'embrasse ma chérie, je vais me recoucher, y a que là que je suis bien en ce moment.

C'est bien, hein, comme coup de fil ? Ça vous recalcairise le squelette.

Vers onze heures, je m'en pars donc à la plage, assez down, en la compagnie de Josyane. En cours de route, on embarque dans la Visa une fille, sac de plage en bandou, qui traînasse désœuvrée le long de l'avenue des Lilas. Ce sera finalement le seul bon plan de la matinée.

Charlotte est en vacances à l'hôtel avec ses vieux. Elle a mon âge. Bien foutue mais pas géniale de tête. Un nez trop long et des yeux à la limite du globuleux. Mais sympa. Originaire de Brannes, près de Libourne. Son père a un Château. Du Saint-Emilion. 38 hectares. Ça aide.

Tout de suite, entre nous, il y a osmose. Et tant mieux. Parce que, visiblement, Malvina est en train de me larguer et que France est vraiment trop jeune pour que nous puissions faire équipe et sauvage.

Quand nous arrivons à la plage, c'est le désert. Apparemment, la bande nous a posé un lapin. Avec Charlotte, on se baigne mais mollement. L'eau est froide et le moral n'y est pas.

— Vous devriez aller les réveiller, nous suggère Josyane.

Tiens oui, après tout, pourquoi pas ?

On se met en branle. Mais piano. Même des Bernois nous dépasseraient. On fait arrêt-buffet, cueillette de fleurs, dégustation de mûres, valse-hésitation et conciliabules secrets. Viens, on retourne à la plage. Mais non, je te dis qu'ils sont sympas. Oui, mais je ne les connais pas. Ben, tu vas les connaître. Ce serait exagéré de dire que nous sommes des Amazones sur le sentier de la guerre. On donnerait plutôt dans la groupie corrézienne n'osant plus offrir, au dernier moment, à leur idole Chirac le slip en coton molletonné qu'elles lui ont tricoté pendant leurs longues soirées d'hiver entre deux épluchages de châtaignes.

— Tu ne veux pas plutôt, me propose Charlotte, qu'on se paye une glace à la pistache au tea-room de la plage ?

— Non, on y va.

— Et s'ils nous violaient ?

— T'es folle, Charlotte. Ce ne sont pas des voyous. Non, à la réflexion, j'ai plutôt peur qu'...

— Que quoi ?

— Qu'ils nous envoient balader, qu'ils se moquent de nous.

Et pof! Juste ce qu'il ne fallait pas dire. Nouvel arrêt perplexe. Et puis, l'on repart. Dix mètres. Charlotte stoppe à nouveau.

— Mais qu'est-ce qu'on va leur dire ?

— Ben... Euh, qu'on leur propose d'aller à la plage. Avec nous.

Vingt minutes plus tard, nous sommes arrivées. Tout est calme. Les volets sont fermés. On frappe à l'huis. Silence. On retape. Plus fort.

— On a frappé ! Alerte à toutes les voitures ! On a tapé à la fenêtre !

C'est la voix de Jean-Marie.

Nouveau silence. Je frappe à nouveau. Charlotte a l'air terrorisée. Je ne vaux pas mieux.

— Jérôme, va ouvrir !

— Pas question, répond Jérôme, je dors.

— Va ouvrir bon dieu ! Ce sont peut-être tes vieux !

Ah, ils ne vont pas être déçus du voyage ! Le volet s'entrebâille. Jérôme hirsute, les yeux clignant sous le soleil de juillet.

— C'est pour quoi ?... On a déjà donné.

— Bonjour, je dis.

— Ah salut ! Ça va ?

Le dialogue, on dirait du Racine.

— On voulait savoir, j'hasarde, si vous n'auriez pas envie de...

— C'est quoi ce bordel ? tempête Féfé. Jérôme, au rapport ! Et ferme ce volet, ça nous éblouit !

Jérôme obtempère et nous ferme le volet au nez. Une minute après, il revient.

— Oui, alors, vous vouliez quoi au juste ?

— Savoir si vous venez à la plage, oui ou merde !

Ça y est, c'est parti, je sens que colère je vais faire. Jérôme se retourne vers les occupants allongés dans l'obscurité.

— C'est Raph. Avec une nouvelle. Elles veulent savoir si...

— Elle est comment la nouvelle ?

Jérôme se retourne vers Charlotte et la dévisage en souriant.

— Mignonne.

— Bon, ben, on verra. Peut-être plus tard. Pour le moment, on dort.

— Mais il fait beau, dit Charlotte. Et il est déjà deux heures.

— Et alors ? Et alors ?

Quelle bande de ploucs nauséabonds ! Jérôme nous fait un sourire désolé et referme le volet avec délicatesse. On se retrouve là, toutes les deux, plantées dans le jardin tandis que ça ricane à trois mètres. Mor-ti-fi-ées. Plus mortifiées que nous, cela ne se peut. Même à son pire ennemi, on ne fait pas des trucs aussi abjects.

— T'as eu une bonne idée, me lance Charlotte.

— Oh ça va, écrase ! je réponds.

Et l'on repart. En shootant dans les cailloux parce qu'ils ne sont pas aussi malheureux que nous.

— Des vacances aussi cons, j'avais jamais vu !

— Et des mecs aussi tartes, me lance Charlotte, il a fallu que je te rencontre pour les trouver !

Quand on arrive à la plage, le C.R.S. maître-nageur est en train de faire la converse à Josyane. Et elle sourit, béate.

Vers 16 heures, la bande des pedzouilles déboule sur le sable. Encore endormis, à peine douchés, vaguement peignés, aussi mous qu'un quarteron de Dupont d'Isigny resté trop longtemps au soleil.

Tout en conservant une distance respectueuse, ils nous adressent leurs considérations les plus distinguées et, voyant qu'ils font le bide, partent s'attabler chez Lily, le snack-bar qui borde la plage et que tient une ancienne artiste de music-hall qui ne s'est pas résignée à vieillir et qui, lorsqu'elle sert ses moules de Bouchot, vous balance obstinément sous le nez ses immenses tétons flétris.

Visiblement, les gentlemen du « Baisodrome » n'ont pas la frite et se sentent minabilos. D'ailleurs, au bout d'un quart d'heure, Charlotte et moi — Josyane Lalicorne est rentrée — voyons s'avancer la délégation : Jérôme, Jean-Marie, Michel. En tee-shirt et pieds nus, comme les bourges de Calais. Seul, Féfé est resté au bar, l'œil perdu dans les vagues.

Les trois pénis-potentiels se posent à nos côtés, en tailleur et Jean-Marie attaque aussitôt le « Mes Sœurs, on a péché ».

— On voulait s'excuser pour hier, enfin euh, pour ce matin, enfin pour tout à l'heure, quoi.

— C'est vrai, continue Jérôme, nous n'avons pas été galants. Nous aurions dû vous inviter à pénétrer dans l'antre.

— Seulement, poursuit Michel, nous n'avions pas dormi de la nuit et nous étions encore totalement ensuqués lorsque vous avez frappé au volet.

Et ils continuent de plaider tout en se repassant le bébé. Qu'ils ont joué toute la nuit au Monopoly. En trichant, c'est bien plus marrant. Et que ça s'est terminé à 7 heures du mat' par une bataille d'œufs frais. La bataille à l'œuf frais, on n'a pas encore inventé plus drôle, seulement voilà, le jaune laisse des traces indélébiles sur les rideaux à moins de tout laver fissa à grands coups de magnums de Perrier promptement agités, ce qu'ils ont fait jusqu'à 9 heures car ils craignaient qu'arrivent à l'impromptu les parents de Jérôme. Heureusement, ceux-ci ont appelé pour annoncer qu'ils restaient à Londres, rapport à un Brueghel le Vieux qui était à l'affiche de chez Christie's.

Alors voilà, quoi, que vraiment ce serait trop bête de leur en vouloir. Parce qu'ils trouvent qu'on est vachement sympas. Même qu'on est les deux plus sympas de la plage. Avec Malvina, bien entendu. Tiens à propos oui au fait vous ne sauriez pas où elle est Malvina ?

Au tennis, je dis, parce que finalement ils sont craquants et puis ils se sont excusés et les vacances c'est bien trop court pour qu'on se tire la tronche.

— Malvina est au tennis ? Ah bon, super ! Allez, les hommes, on y va ! ordonne Michel en se levant.

Et ils se taillent. Des ploucs, des malappris, des beaufs !

Seul, Jérôme reste allongé dans le sable, à nos côtés. Il attend que ses copains se soient un peu éloignés et puis il nous met les sous-titres.

— Il ne faut surtout pas leur en vouloir. Mais, depuis Paris, ils ne pensent qu'à ça.

— Ça, quoi ? demande Charlotte idiote.

— Ben, le truc, le radada, quoi. Ils n'ont que ça en tête, ils ne parlent que de ça. Le radada. Est-ce qu'elle va au radada celle-là ou est-ce qu'elle n'y va pas ?

— Et alors ? je dis, maussade. Quel rapport avec Malvina qu'elle est au tennis ?

— Ben, excuse-moi Raph mais dans leur tête, ni toi ni Charlotte n'allez au radada. Tandis qu'à leur avis Malvina, c'est une bonne.

Y a pas, ils ont du nez.

— Ben toi alors ? Qu'est-ce que tu fiches avec nous si on est des nulles ?

— Oh moi, tu sais Raph, les choses du sexe, je m'en bats l'œil. — Un silence —. Il n'y a qu'une chose qui me passionne, c'est la peinture.

Juste ciel ! Et c'est sur nous que ça tombe ! Et le voilà qui, sans transition, se met à nous parler des toiles géométriques de Mulbac. Personnellement, Mulbac, je n'ai rien contre mais il y a un temps pour tout. Et là, je suis en vacances et ce dont j'ai envie, c'est d'un petit Jules qui me tienne la main et me soupire des mots doux dans le cou. Le truc tendre quoi tout simplement. Et pas un mec qui me demande si je couche. Et pas non plus un qui me parle de Michel-Ange, après Mulbac. Michel-Ange, pour moi, c'est d'abord et avant tout une station de métro.

Alors, au bout d'un quart d'heure, je décide qu'il est temps de replier le paquetage.

— Tu viens Charlotte ? Il est l'heure, on rentre.

Elle répond que oui, secoue sa serviette et le sable retourne au sable, rassemble ses affaires et on abandonne le malheureux Jérôme enfoui dans sa dune.

Il tente une dernière médiation.

— Ce soir, nous allons tous à la boîte. Il y a attraction. Un groupe de rock. Hollandais. Vous viendrez ?

— Pas si vous y êtes, je réponds et l'on trisse en dandinant du pétard.

Et voilà ! Ce sont toujours les gentils qui trinquent.

Le soir, évidemment, Charlotte et moi sommes à la boîte. Sapées trente et un. Fringues Dynamo et bijoux toc, œil charbonneux et lèvres pulpeuses. Après tout, il n'y a pas que ce paquet d'allumés dans le district et juillet n'est point encore assez avancé pour que les jeux soient faits. Il reste du minou à l'étal. C'est dans la dernière semaine que les couples se font. Trois semaines pour se renifler, une pour se savourer.

La première chose que nous apercevons en pénétrant dans l'Ocean Beach Disco Club, ce sont nos quatre loulous avachis sur les divans près de l'entrée. La Bérézina. Ils sont plus tristes qu'un groupe de banquiers zurichois venant de rater la vente du Cervin à un émir saoudien. Ecroulés devant leurs whisky-coca chauds depuis longtemps because les glaçons ont fondu. La boîte est archipleine. Musique cool, New Wave et soul philadelphien. Le décor est pas mal. Inflammable, mais pas mal.

La deuxième chose que nous remarquons Charlotte and me, c'est la petite France au milieu de la piste de danse, tout alanguie dans les bras de Didier qui a rangé ses besicles dans sa poche chemisette mais qui sait quand même parfaitement où sont posés Michel, Féfé and C° et qui s'arrange donc pour guincher juste dans leur champ de vision tout en leur lançant à tire-l'haricot de sonores « Venez donc danser, bande de ploucs, vous êtes nuls ! »

Le troisième détail qui retient notre attention, c'est Malvina. Elle est assise tout près du podium, à une table bruyante et enfumée. Avec elle, deux garçons et deux filles qui ont l'air de jouer au docteur sans se soucier du qu'en dira-t-on. Malvina nous fait signe de venir les rejoindre. Je présente Charlotte et tout le monde se tasse sur la banquette pour nous faire place. On commande comme eux, vodka-orange, et deux minutes plus tard, nous sommes sur la piste.

C'est ça qu'il y a de cool avec la zik-mu moderne, y a plus nécessité d'être en couple pour aller au bal. Le poum-poum a tué la tapisserie et les boud's n'ont plus à guetter le bon vouloir des machos débiles. Suffit de s'élancer, se contorsionner, se déhancher, s'agiter, s'osciller, se trémousser, avec le regard dans le flou et les mains qui font comme si elles maniaient les marionnettes du Bébète Show et personne ne vous demande rien.

Quand je reviens essoufflée m'asseoir, Malvina se penche vers moi. J'ai comme l'impression qu'elle est un peu pompette.

— Je laisse tomber, m'annonce-t-elle.

Ah bon ? C'est bien ça, mais quoi ?

— La bande du train. Ce sont des blaireaux, des pas cotés à l'Argus. Non, mais tu les as vus ? Il n'y en a pas un pour rattraper l'autre. Alors, je me place hors compétition. D'autant que Claude-Jacques, — c'est un de mes Jules de l'année dernière — arrive demain. Alors...

Ah bon, je dis laconique. La nouvelle ne me fait ni show, ni bise. Parce que, depuis le double affront d'aujourd'hui, j'ai décidé que ces vicieux n'étaient pas pour moi non plus. Et je préfère zyeuter tout ce qui se passe dans la boîte. Histoire de vérifier si l'Homme que j'attends depuis 16 ans trois quarts ne serait pas là par hasard ce soir.

Mais Malvina continue :

— Et ce soir, avant Claude-Jacques, je vais m'offrir un petit extra.

Je fais comme si j'avais même pas entendu mais Charlotte, elle, n'en perd pas une. Il faut reconnaître que Malvina — bronzing, Van Cleef, décolletoche — en jette vraiment. Et qu'elle possède, en prime, cette assurance que point encore nous n'avons.

— Et l'extra ? Vous savez déjà avec qui ? questionne Charlotte, plus fascinée qu'une souris demandant à un serpent python s'il va la bouffer nature ou avec des petits oignons frais cueillis du matin.

— Oui, oui bien entendu. Je vais me draguer le chanteur du groupe. J'ai toujours adoré les vedettes de miousic-hall.

— Et vous le connaissez ?

— Non, non pas encore.

— Il s'appelle comment ?

— Je ne sais pas mais il paraît qu'il est très connu à Rotterdam et même à La Haye.

Charlotte n'a pas le temps d'en demander plus. Le dee-jay réclame le silence dans son micro, attend que ça se tasse, un peu moins de bruit si vous plaît, pour attaquer, royal : « Ladies and gentlemen, waouh, l'Ocean Beach Disco Club est vachement fier de vous présenter waouh pour la première fois en Loire-Atlantique le groupe de rock, le-groupe-de-rock-and-roll waouh Willem Van Den Poutt Der Zoutt ! Willem Van Den Poutt Der Zoutt ! On les applaudit bien fort waouh ! »

Et le Willem en question fait son entrée sous les applauses. Il a la clâsse, faut bien reconnaître. Coiffé Iroquois tendance punk. Veste de satin fuchsia, chemise orange déchirée juste à la hauteur des tétins, et cuir noir clouté partout, même sur la braguette. Il a un peu le nez en tulipe et les oreilles en moulin à vent mais après tout il vient du Plat Pays, il a des excuses. Ils sont cinq en tout : claviers, guitare, guitare basse, batterie et Van Den Poutt au micro.

Et ça démarre à fond la caisse. « Gouda Gouda is good for me », « Dans le port d'Amsterdam » en rock torride et « Vas-y Joop Zoetemelk ». Dans la boîte, c'est du délire. Les canettes volent et tout le monde danse pogo. Sauf la bande des quatre, toujours écroulés sur leurs fondements et qui font la moue. Sauf Malvina.

De la piste, je l'observe. Joli manège. Depuis son siège, elle ne quitte pas le Van Den Poutt des yeux. Et ça fonctionne. Au bout d'un moment, l'autre, magnétisé, envoûté, ensorcelé n'a plus d'yeux et ne chante plus que pour elle.

Trois quarts d'heure plus tard et après avoir bissé leur hymne au gouda, les Dutchmen en nage quittent le podium et partent s'accouder au bar, au milieu des ovations, des accolades et des tapes dans le dos. Je me retourne, bien décidée à voir comment Malvina va opérer.

Elle n'est plus à sa place.

Je n'ai pas le temps de ma surprise de me remettre que l'on me tape toc-toc-toc sur l'épaule. Jean-Marie, tout sourires. Bon, l'invitation est cavalière, pas vraiment Jacques Chazot, mais je ne vais pas jouer les pimbêches toute ma vie durant. J'accepte donc en souriant et nous partons rejoindre au cœur de la piste Charlotte et Michel déjà enlacés.

Personne n'est forcé de me croire mais ils s'embrassent déjà. Comme au cinéma, juste avant le mot fin. Là, je l'avoue, Charlotte me scie.

— On fait comme eux ? me propose Jean-Marie, gourmand.

Il est des moments de la vie où une femme n'a pas le cœur à dire non. Je m'abandonne donc au charme de l'instant et nos petites mandibules se mettent en branle.

Passe-moi ton coryza, j' te r'file mon chaud effroi.

Bilan de la nuit ? A peine globalement positif. France et Didier, c'est une PME qui roule. Didier, au petit déjeuner le lendemain vers 11 heures, nous a annoncé qu'il était follement épris et qu'il y avait de la fiançaille dans l'air. Mais, ajoute-t-il à notre grand effarement, France devra coucher.

Malvina a passé, à l'en croire, une nuit bouleversante dans les bras velus et tatoués de son rock and roller hollandais. Ils ont fait l'amour sur la plage, dans le camion du matériel puis à l'hôtel où Willem avait une chambre. Elle annonce tout cela très Fifth Aveniou à sa mère qui en bouche béée autant que Charlotte venue nous rejoindre après que ses vieux soient partis pour le tennis. Moi, je joue les blasées mais je n'en perds pas une. Malvina a quelque chose du mamba : fascinante et terrifiante à la fois.

Féfé a passé sa nuit, assis dans la boîte. A vider les verres de ses voisins dès qu'ils partaient danser, à fumer sèche sur sèche et à se déclarer transi d'amour pour Josyane. Nous avons tous été chargés de véhiculer ce SOS d'amour vers la récipiendaire. Qui reçoit et comptabilise les hommages, flattée mais sans commenter.

Jérôme a fait la connaissance d'une fille, un boud' il le reconnaît lui-même mais qui prépare Beaux-Arts et avec qui il a pu parler peinture jusqu'à plus soif.

Plus soif, c'est l'heure à laquelle nous sommes rentrées Charlotte et moi. Michel et Jean-Marie nous ont raccompagnées. La nuit a été super. On a dansé, on a ri, on a flirté. Pourquoi faut-il alors que ces deux idiots aient tout gâché à la fin du parcours ? Nous étions arrivés devant l'hôtel de Charlotte. A 100 mètres de la villa où je crèche.

— On ne va tout de même pas se quitter comme ça, a dit Michel.

— Ben si, a-t-on répondu, il est vachement tard.

— On pourrait aller sur la plage, a suggéré Jean-Marie. Pour regarder le lever du soleil.

On lui a rappelé quand même que le soleil se levait à l'est, donc qu'on avait peu de chances.

— Eh ben alors, on pourrait y faire autre chose, il a proposé, cauteleux.

On a souri-nenni. Du coup, Michel s'est mis à jouer les durs.

— Mais vous couchez ou pas, merde ?

Ton sec, à la limite du désa. Et tapant du pied par terre. Non mais ! Ridicule.

Alors, on leur a tout dit. Qu'on n'était pas des couche-toi là. Que les sentiments, on était navrées, mais ça pouvait encore exister. Que c'est pas parce qu'on a flirté un soir dans une boîte qu'on doit s'allonger aussi sec. Qu'on avait envie de se faire désirer, d'entendre des synthés, d'avoir le cœur qui fait splatch-splatch, d'être séduites-charmées et non pas emballées comme de la morue sur le Vieux Port de Marseille. Qu'ils étaient nuls et qu'on ne demandait pas à une fille au bout de trois heures si elle couchait. Et que c'était définitivement pas comme ça qu'ils arriveraient à ce qu'ils voulaient.

— Vous me faites penser à des mecs qui s'enduiraient les mains d'huile avant de s'attaquer à un mât de cocagne, a lancé Charlotte dans une envolée balzacienne.

Ils ont tout encaissé en silence et en tirant sur leurs sèches, assis sur le muret en face de l'hôtel. Michel a dit qu'il pourrait nous répondre mais que ça ne valait même pas la peine de gâcher sa salive et tout.

A un moment, le volet d'une des chambres s'est ouvert, y a eu de la lumière et on a vu le père de Charlotte en pyjama se profiler à la croisée.

— Charlotte ?

— Oui, Papa.

— Y en a des qui t'embêtent ?

— Non, non Papa, on rigole seulement.

— Ah bon. Il faut rentrer maintenant.

Et sans attendre, il a refermé. Le volet. Et son clapet.

Avec les autres, on s'est quitté fraîchement. Le cœur un peu gros. L'impression d'un ratage. Un vague « Bonsoir ! » et ils sont repartis vers la boîte. Charlotte a fait cinquante mètres avec moi, on s'est vite embrassées et chacune est partie vers son lit en courant.

Le lendemain, nous rencontrions les Italiens.

Quelle journée ! Quel pied d'acier ! Enfin cette fois, les vacances ont vraiment commencé. Charlotte et moi avons été draguées. Dans les règles. Par des Italiens. En Lancia. Super-mignons.

Bon, on se calme. Alors voilà, à midi, nous sommes allées à la plage. Josyane, Didier, Charlotte et moi. Malvina est partie déjeuner et dormir à Saint-Nazaire avec son Hollandisch. France est venue nous rejoindre très vite. Dès qu'il l'a aperçue, Didier a retiré ses lunettes. Il paraît que ça les gêne quand ils se roulent une pelle. Et ils n'arrêtent pas !

Les parents de Charlotte sont venus nous saluer avant d'aller au Country-Club. Comme ils possèdent un Grand Crû Clâssé, ils se croient obligés de mettre des accents circonflexes partout. Aussi, lorsque le père m'a demandé « Comment hâlez-vous ? » en me prenant la main, au lieu de lui répondre très bien, j'ai dit « Avec de l'ambre solaire » et ça a jeté un frais. Après leur départ, Charlotte m'a dit qu'elle ne pouvait pas supporter son vieux. Faut pas, je lui ai dit, sans les gens qui travaillent la terre, on serait rien. Mon père n'a jamais rien labouré, elle me répond, il a des journaliers qui le font pour lui. Lui, il se contente de chasser la bécasse, de pêcher l'esturgeon, d'être le trésorier du club de golf et le vice-président du polo. Je ne l'ai jamais vu ouvrir un bouquin ou écouter un disque et il achète ses tableaux à la Redoute, elle soupire. C'est pour cela que je ferai Lettres après le bac. Pour ne surtout pas lui ressembler.

Alors on a changé de sujet de convers'. On a parlé d'hier au soir. Que fait-on quand on voit rappliquer nos deux zozos ? On les snobe ou on reprend le flirt à la page où on l'avait laissé ?

Pour avoir les idées plus claires, nous sommes allées commander deux banana-split chez Lily. Nous n'étions pas installées depuis cinq minutes que la Lancia est venue se garer à deux pas.

Ils sont descendus. Beaux. Et fringués comme seuls savent l'être les Casanov' de la Via Veneto. Ils se sont étirés comme deux rallymen du Paris-Dakar, ont retiré leurs mocassins italiens pour fouler le sable pieds nus et c'est alors qu'ils nous ont repérées.

On ne refuse pas l'hospitalité de sa table à un voyageur venu de loin, même s'il a ménagé sa monture. Ils se sont installés à nos côtés et ça a tout de suite collé. Avec Charlotte, on n'a même pas eu à se disputer : leur choix était le nôtre.

Le mien, c'est Gianni. Romain. 20 ans. Cheveux bruns ondulés, œil bleu, stature d'athlète. Celui de ma copine, c'est Marcello. Comme Mastroianni, mais en plus jeune. Blond, œil brun, fin, élancé. Deux perles rares. Drôles. Charmeurs. Bien élevés. Dragueurs d'accord mais un Italien qui ne baratine pas, même au Guiness Book of Records, ils n'ont pas réussi à en dénicher un.

C'est bien simple; l'après-midi, nous ne l'avons pas vu s'écouler. Ping-pong à quatre raquettes. Flipper. Baignade et volley-ball. Au volley, nous avons administré une raclée à l'équipe adverse, emmenée par Féfé; Michel et Jean-Marie ayant carrément refusé de jouer et ayant quitté la plage dix minutes à peine après y être arrivés et nous y avoir vues en bonnes mains. Charlotte et moi, on badait sec.

A 19 heures, Gianni et Marcello nous ont raccompagnées dans leur Lancia. Quand, avenue du Maréchal-de-Lattre, nous avons dépassé Michel et Jean-Marie qui faisaient du stop, nous ne leur avons même pas accordé le quart d'un regard. La vengeance est un plat qui.

A 21 heures, ils sont revenus nous chercher devant l'hôtel de Charlotte et la fête a recommencé. Nous sommes allés manger des « pastas » chez « Les Ritals », le piano-bar du Pornichet puis direction l'Ocean Beach Disco Club.

Nous n'y étions pas depuis dix minutes que l'on a vu rappliquer les « radadeurs » et c'est peut-être bien leur arrivée qui a précipité le cours des événements. Gianni et Marcello ne nous avaient rien demandé. Nous dansions tout simplement. Tendrement mais corrects. C'est Charlotte et moi, qui spontanément, sans nous concerter, quand nous avons vu les autres, nous sommes précipitées aux lèvres de nos cavaliers. Pour une pelle sauvage. La synchro entre nous, c'était su-per-be. Les Andrew Sisters. Bei Mir Bist Du Schön.

Les têtes de Gianni et Marcello faisaient plaisir à voir. Mais beaucoup moins encore que celles de Michel et Jean-Marie. Les femmes n'ont pas forcément besoin d'un 22 Long Rifle pour faire saigner le cœur des mâles. Proverbe.

Et maintenant, nous sommes là, sur la plage. Il est une heure du matin. C'est pleine lune et marée haute. Un vrai David O'Selznick, début du Technicolor. La tête nous tourne un peu. Valpolicella plus vodka, mélange qui tue, je l' ferai plus.

Après la boîte, nous avons pris la Lancia, décapotée bien sûr, et avons roulé sur la côte sauvage jusqu'à cette plage. Déserte et sublime. Dunes blondes à perte de vue, mer presque étale et lune qui se marre au sommet des pins agités par un vent léger.

Gianni stoppe le moteur, éteint les phares. Quel calme ! Juste le soupir des vaguelettes et trois feuilles qui frissonnent. On entendrait une baleine chanter.

— Si on se prrrromenait un peu ?

— Oui, oui, dit Charlotte, j'ai envie de marcher pieds nus dans le sable.

— Moi itou, j'approuve.

Et nous balançons nos ballerines sur la moleskine. Le sol est doux. On fait quelques pas, on trébuche un peu et l'on s'allonge dans le sable encore tiède.

Funeste erreur !

En cinq secondes, ils sont allongés à nos côtés, dans la position du tireur couché. Et ils nous embrassent. Ça d'accord à la rigueur, on a déjà donné.

Mais il y a les mains ! Et je comprends soudain ce que veut dire Maman quand elle raconte toujours que les Italiens ne savent parler qu'avec leurs mains.

De sa dextre, Gianni bloque les deux miennes. Et la gauche s'agite. Précise et fébrile. Les genoux n'ont pas l'air de la passionner. Par contre, la cuisse. Ouh la, on dirait le sprint à l'arrivée du Milan-San-Remo.

Le scénar' est rigoureusement identique du côté de chez Charlotte.

Je me sens bien. Un peu effrayée certes mais en même temps délicieusement troublée. Alanguie et voluptueuse sous le regard complice et muet de la Voie Lactée tout entière. Dieu soit loué, la voix pas lactée mais suppliante de Charlotte m'aide à réatterrir.

— Non, non Marcello, je ne veux pas !

J'emboîte.

— Moi non plus, Gianni !

Et la lucidité me revient au galop. Alors, ce serait ça devenir une femme ? Se faire prendre comme un animal, sur une plage, par un mec dont on ne sait rien et qu'on ne connaissait même pas la veille ? Et qui va peut-être vous mettre enceinte ? Et qu'on ne reverra jamais plus ? Très peu pour moi. J'ai rêvé et je rêve toujours d'autre chose. Messieurs, à défaut d'un coup, tirons un trait.

Gentiment mais fermement, je repousse la main qui enserre le haut de ma jambe.

— Gianni, n'insiste pas. Je ne veux pas.

— Moi non plus, geint Charlotte en stéréo.

Ils se redressent tous les deux. Fu-rax.

— Ma ! Perque no ? Qu'est-ce que ça veut dire ce borrrdel ?

Je cherche. Désespérément. Alors que c'est si simple.

— Je suis vierge !

— Moi aussi, échotte Charlotte.

— Et je suis fiancée !

— Moi aussi !

Bon, ben, ils sont ivres de rage, ce n'est pas la peine de se l'autrucher. Ils se relèvent. Qu'on n'est que des petites salopes, des alloumeuses, des mijaurrrrées. Qu'ils ont investi du temps, de l'essence et des pizzas. Que ça ne va pas se passer comme ça. Mais ils n'ont plus la pêche.

Nous, on ne moufte pas. Dommage qu'il n'y ait pas de trous de souris sur les plages, nous y serions depuis longtemps déjà.

Ils se concertent, à voix basse, en italien. Apparemment, putain se dit putana. Et puis, au bout d'un moment, ils reviennent vers nous.

— Ça y est, me dit Charlotte dans un souffle, cette fois, ils vont nous violer.

— S'ils font mine, on leur jette du sable dans les yeux, je réponds plus morte que vive.

Mais ils s'arrêtent à trois pas, haussent les épaules, nous traitent de « ragazzi vicioza », nous font un bras d'honneur et pointent leur index vers le ciel. La totale, quoi ! Puis, ils remontent dans la Lancia qui démarre sur les borsalinos de roues. Capri, c'est bien fini, les mecs.

Charlotte et moi, on reste là, serrées l'une contre l'autre. Pas fières. Y en a une des deux qui claque des dents et l'autre qui tremble. Et s'ils se ravisaient ? S'ils revenaient ? Vite, vite faut se cacher. Mais où ? Là-bas, dans les pins, viens, on fonce. Et on est à combien de bornes de la villa ? Je sais pas, moi. Huit à dix bornes, au moins. Ben, dis donc, tu parles d'une trotte.

Et soudain, Charlotte éclate de rire.

— T'es folle ou quoi ? je dis, les nerfs à vif.

— Nos pompes !

— Quoi ? Nos pompes ?

— Elles sont restées dans leur voiture !

— Merde ! je dis.

Mais ça nous fait tellement rire qu'on en retrouve le moral. Et l'on se met en route, en marchant dans l'herbe mouillée, ça fait moins mal aux plantes.

A un moment, on entend un moteur de voiture et on panique sec, vite couchées dans les orties. Ce n'est qu'une camionnette de boulanger. Nous repartons. Un pied d'vant l'autre.

— Tu te rends compte Raph ? On a vraiment failli se faire violer.

— Je sais, je dis pas fière.

— Face à des monstres pareils, reprend Charlotte, y a que deux solutions. Ou tu prends la pilule. Ou tu te fais gouine.

— T'as raison, je réponds.

Mais en y réfléchissant bien, la seconde solution c'est du bidon. Parce qu'un mec qui est en train de violer une femme ne s'arrêtera pas sous prétexte qu'elle lui déclare : « Arrêtez-vous je vous en prie, je suis lesbienne. »

A 4 heures 20, les pieds en compote, nous arrivons en vue de la villa. Epuisées. Mais saines et sauves. On se fait bisou-bisou à l'entrée du jardin quand soudain je sens mes cheveux se dresser tout droit sur ma nuque. L'horreur absolue.

— Là-bas, là-bas, Charlotte, je murmure.

— Quoi, quoi ? Qu'est-ce qu'il y a ? me demande-t-elle sans oser se retourner.

— Dans le jardin, près du perron, une voiture.

— Raph, j'ai peur.

— Moi aussi, Charlotte. Il y a deux mecs à l'intérieur. Ils fument.

— Ils sont revenus ! Ils nous attendent ! Pour nous violer ! Ou nous tuer !

On est figées sur place. La terreur à l'état pur.

— C'est la Lancia ?

— Ah non, tiens. C'est une Deuche.

— Ils ont dû changer de voiture pour ne pas se faire repérer.

— Viens, on va essayer d'aller jusqu'à l'hôtel pour donner l'alerte.

Trop tard ! Ça remue dans la voiture. Une portière s'ouvre. Un des deux mecs descend. Charlotte enfonce ses ongles dans la peau de mon bras. Il me semble que je vais hurler. Jusqu'à la fin des temps. « Pas d'orchidées pour Miss Blandish », à côté de ce que l'on vit, c'est de la gnognote.

— Qu'est-ce qu'il fait ? me demande Charlotte qui n'a toujours pas osé se retourner.

— Je ne sais pas. Attends. Oui, c'est bien ça, il... il fait pipi.

— Mon Dieu, gémit Charlotte, il se vide pour le coït !

Le coït ? Quézaco ? Faudra que je demande mais une autre fois.

L'autre est toujours en train d'arroser les œillets Lalicorne. Celui qui était resté au volant, descend et vient le rejoindre, en s'étirant.

Et à cet instant, je les reconnais !

Papa ! Tonton Rô-Rô ! Fox-Trot ! Là, tous les trois, dans le jardin, en train d'inaugurer les chrysanthèmes. A deux pas de la Deuche toute cabossée de Robert. Pantalons en tire-bouchon, chemises ouvertes au vent, dépenaillés, hirsutes, mégot au bec.

J'ai beau me pincer ça fait mal, je n'arrive pas à croire ce que mes yeux enregistrent.

— C'est mon père ! Et Tonton Rô-Rô ! je sanglote presque à l'adresse de Charlotte toujours aussi paniquée. Viens ! On est Boudu des eaux !

Et je pars en courant. Quand ils entendent les brindilles craquer, Papa et Rô-Rô sursautent et se serrent l'un contre l'autre tandis que Fox-Trot, queue gonflée, se met en position de combat. Ben quoi ? On n'a jamais prétendu que c'étaient Rambo 1, Rambo 2 et Rambo 3 qui venaient d'omaher on the beach.

— Papa ! Papa, c'est moi !

Et je saute dans ses bras. En sanglotant. Mon père, d'une façon générale, j'ai toujours été heureuse de le retrouver. Mais là, le viol frôlé, la peur et tout, ce sont quand même des circonstances plus qu'exceptionnelles, aussi lâche-je les Grandes Eaux. Versailles à côté, c'est le Manneken Pis par un jour de grande sécheresse.

On se serre, on s'étouffe, on se cajole, on s'embrasse.

Puis, je présente Charlotte.

Le jour commence à peine de se lever. A l'est, le ciel se teinte de rouge vermeil et de rose tyrien. Le silence est à peine troublé par le bruit lointain du ressac, les premiers pépiements des moineaux, un écureuil qui attaque son aérobic matinal. Et nous quatre qui restons là, hilares, attendris, sur le perron des Lalicorne tandis que Fox-Trot, la queue maintenant en point d'exclamation, va en se frottant d'une jambe à l'autre.

— Mais qu'est-ce que vous pouvez bien fiche dehors à une heure pareille ? interroge Rô-Rô tout en détaillant attentivement la silhouette de ma copine.

— On a failli se faire violer, le renseigne Charlotte en frissonnant.

— Oui, par des Italiens, je rajoute.

— Ah bon, dit Papa, j'aime autant.

Et on leur raconte. En riant maintenant. Parce que désormais, plus rien ne peut nous arriver.

Et puis, soudain, je réalise.

— Mais vous ? Qu'est-ce que vous faites ici, dans le jardin, à 5 heures du matin ? Et Isabelle ? Où elle est Isabelle ?

— On va te raconter, on va te raconter, dit Papa qui se rembrunit. Mais tu ne pourrais pas nous faire d'abord un bon café chaud et puis nous donner aussi quelque chose à manger ? Nous avons roulé toute la nuit, sans nous arrêter, sauf pour l'essence. Y a comme une légère appétence qui se fait sentir.

— Ça, ce serait une bonne idée, commente Robert en partant s'écrouler dans un transat.

Bon ben d'accord, ils n'ont pas perdu leurs bonnes petites habitudes macho and C°. Mais je suis tellement heureuse de les voir que ce soir, enfin ce matin, ils pourraient me demander la lune, j'irais la leur décrocher.

— Et pourquoi n'êtes-vous pas rentrés dans la villa ?

— Mais parce que tout est clos dans ce bordel ! tonne le père. On a frappé à la porte, poliment, on a envoyé du gravier dans les volets et rien ne s'est passé.

Bizarre. C'est vrai que Malvina est à Saint-Nazaire avec son Heineken. Mais Didier ? Et Josyane ? Pourvu qu'il n'y ait pas eu crime.

Je vais prendre la clé dissimulée sous le troisième pot de géranium près de la véranda et j'ouvre la porte de la cuisine. Apparemment, tout est calme. Pas de globules sur le dallage. Ça doit dormir boule qui est-ce au premier.

Avec Charlotte, je sors la nappe à fleurs, les Villeroy et Bosch, les petites cuillères en argent, le sucre, le miel, la confiture de pêches, celle de melon, le beurre salé et l'autre, le salami hongrois, le gros pain de campagne enveloppé dans un torchon humide, je mets du café à chauffer et des œufs à frire.

Tout compte fait, Charlotte et moi avons également les crocs.

Et puisque Isabelle n'est pas là, je vais me le soigner mon petit Papa.

Dix minutes après, nous breakfastons dans le jardin comme de vrais English. Et Papa, soutenu par Robert dans les moments délicats, passe à confesse, la bouche pleine, ce qui ne se fait pas.

La télé, c'est râpé. Oui, avec les honneurs, précise Robert. Enfin voilà quoi, leur pilote était en tête du peloton. Virtuellement accepté, ajoute Rô-Rô. Les communiqués de presse étaient déjà prêts. C'est nous qui les avions écrits, super-élogieux tu penses. Quand, brusquement, on a vu arriver, surgi de nulle part, un outsider, postulant de la 25e heure, dont personne n'avait jusqu'alors prononcé le nom. Mais qui était soutenu par le Président. De la chaîne ? je demande. Non, de la République, me répond Papa. Ah ? Evidemment. Oui, un mec à qui il fallait urgemment renvoyer le Roux-Combaluzier, explique Robert. Alors, ils ont tous été blackboulés, eux et les autres, en moins de dix minutes et la suite ils l'ont apprise par la presse parce que depuis, étrange non ? ils n'arrivent plus à joindre personne à la télé. Sont tous en conférences-séminaires-déplacements-repos forcé-chômage technique.

— C'est vraiment dégueulasse, je soupire.

— Oui, mais ce n'est pas grave, sourit Papa, car avec Robert nous sommes déjà sur un autre projet.

— Oui, absolument. Et c'est un truc génial. On va faire des milliards. Et puis, tu vois Raph, ce n'est pas plus mal que la télé soit enterrée parce qu'Isabelle et ton père n'y auraient pas survécu. Leur couple aurait explosé. Dans les derniers jours, ils s'envoyaient tout à la tête.

Je me raidis.

— Papa, elle est où Isabelle ?

— Elle est pas là.

— Elle est où ?

— En vacances.

— En vacances ? Comment ça ?

— Au Maroc.

— Tu ne vas pas de nouveau divorcer ?

— Mais non, mais non ma chérie, ne t'en fais pas. Tout est sous contrôle. Nous avons juste décidé, Isabelle et moi, de nous accorder une petite aération. Histoire de retrouver le souffle après le stress. Mais y a pas de malaise.

— Avec qui est-elle partie là-bas ? je demande, toujours agressive.

— Avec Elvire, dit Robert apaisant. Elles sont parties en filles toutes les deux. Ne t'en fais donc pas Raph, il n'y a aucune anguille sous la roche.

— Oui, j'aimerais mieux pas. J'ai déjà donné. Ou alors, faut prévenir. C'est vraiment pas la peine de s'attacher si ça doit capoter tous les sept ans.

Papa fait la tronche. Petits souliers.

— Et pourquoi vous vous engueuliez ?

— Parce qu'Isabelle, je l'aime et tout, mais faut vraiment pas que je travaille avec. Y a incompatibilité dans les humeurs. C'est comme être dans un lit à deux avec une couverture trop petite.

— Et Elvire ? je demande à Robert. Tu t'engueulais aussi avec ?

— Elvire, c'est une affaire classée, répond Rô-Rô buté. Nous n'étions pas faits l'un pour l'autre. Je ne peux pas vivre avec une femme qui avant d'aller au lit va vite consulter ses éphémérides pour savoir s'il y aura orgasme ou pénis-tence. Je préfère encore celles qui vous font le coup de la migraine, c'est moins traumatisant.

— Et Isabelle ? redemande-je à Papa.

— Quoi encore Isabelle ?

— Si elle te trompe au Maroc ?

— Je fais confiance, je fais confiance. — Un silence —. Et pourquoi tu voudrais qu'elle me trompe ?

— Parce qu'il y a de l'opportunité là-bas, intervient Charlotte.

— Les tentations, elles sont partout, dit Robert tout en souriant pas net à Charlotte.

Ah non ! Il ne va pas la draguer quand même !

— Quel âge avez-vous, charmante Charlotte ? il demande.

— Dix-sept !

Robert réfléchit. Les Assises. Le risque. Le ridicule. Les emmerd's.

— Dans deux ans, je vous ferai une cour effrénée.

Ouf ! On respire. Le sadique du Square des Batignolles vient d'accorder un délai.

Charlotte a l'air déçu.

Papa, lui, suit son idée. On lui a mis le ver dans le fruit.

— Isabelle ne me trompera pas, elle m'aime. Et puis, si elle le fait, au moins ne le saurai-je pas.

— Tu le liras dans ses yeux, je dis.

— Si je lis le moindre truc, je la décapite. A la hache !

— Et c'est moi qui ferai le reportage, rigole Robert. Tu parles d'un scoop. Déjà, rien qu'avec le téléphone rouge d'*Europe 1*, on se fait cinq cents balles.

— Putain oui, et avec la revente des photos à *Match*, on dépasse la brique.

Et ils recommencent à fantasmer. Rien n'est changé, rien n'a changé.

— Mais la télé Papa, c'est vraiment foutu ?

— Raph, on ne prononce plus le nom de cet engin préhistorique, fait pour les cons. Robert et moi sommes des hommes d'avenir, des gens de plume.

— Et c'est quoi votre nouveau truc ?

— Les horoscopes. Les horoscopes érotiques.

Seigneur, pourquoi accablez-vous toujours les mêmes innocentes brebis ?

— Oui, explique Papa, on a trouvé un type qui va les adjoindre, en prime, à des envois de produits ménagers.

— C'est quoi un horoscope érotique ? demande Charlotte.

— Ben, on demande son signe à la ménagère et on lui dit tout ce qu'elle est sur le plan sexuel :

nympho, frigide, sensuelle, chatouilleuse, tout quoi.

— Mais c'est génial ! applaudit Charlotte.

— Oui, oui, absolument. Tenez, vous êtes quoi vous Charlotte ?

— Moi ?... Je suis Scorpion.

— Aaaah, Scorpion ! Un signe magnifique ! se pâme Robert.

— Ah bon ? Dites-moi tout.

— Eh bien, les femmes Scorpion dégagent un magnétisme puissant et possèdent une sensualité à fleur de peau. Le feu, que dis-je ? la lave brûlante habite leur corps. Elles sont exclusives et possessives...

— C'est tout à fait moi, roucoule Charlotte en me prenant à témoin.

— Elles sont un jour glaciales et absentes, le lendemain brûlantes et dévorées de passion. Et elles aiment souffrir.

— Oui, oui, tout cela est exact. Mais c'est génial votre truc. Vous m'en mettrez un.

Chez le père et Robert, ça pavoise. Ils s'étreignent et se congratulent. On jurerait deux chercheurs d'or venant de découvrir enfin la mine au fond du canyon infesté de crotales.

— Oui, on vous en offrira un bien sûr. Mais laissez-nous le temps de les rédiger puis de les faire mettre sur ordinateur.

— Et vous êtes bien payés pour faire ça ? j'interroge plus sceptique qu'une fosse.

— Ben... Euh, on touchera des royalties. Mais, comme on ne sait jamais, on a demandé une avance. Substantielle.

Et le père, de sa poche, sort une liasse de billets de 500 F. Jamais je n'ai vu tant d'argent. Faut dire qu'en ce domaine mon expérience est assez limitée.

— Et attends ! C'est pas tout ! me dit Papa en

agitant l'éventail. Regarde-les bien ces billets. Ils vont faire des petits.

— Ah bon ?

Je sens l'horreur poindre.

— Oui, dit Robert. Ce soir, casino. Et tout sur le Rouge !

Une heure plus tard, nous sommes toujours dans le jardin. A papoter. Je leur apprends qu'Harold Lalicorne s'est enfui peu élégamment à Taormina. Tant mieux, commente Papa, ce mec me gonfle. Puis je parle de la bande. Malvina et son rock and roller. Didier et France trop mignons. Et les autres. Les dragueurs avariés. Les pénitents du sexe. Les complexés de la chose. Les travaillés du zizi. Bref, je narre par le détail toutes ces petites mésaventures qui ont donné du sel à nos débuts de vacances.

J'en suis à notre rencontre fatale avec les deux Napolitains aux baisers de feu lorsque Josyane fait son apparition sur le seuil, en nuisette Elodie, s'étirant, les yeux encore embués de sommeil. Tiens ! Mais vous êtes là ?... Quelle surprise et quelle bonne idée ! Et où est Isabelle ? Embrassades et tout et tout. Mais, étrange-étrange, Josyane n'a pas l'air vraiment bien dans ses espadrilles. Elle pose des questions sans écouter les réponses et tout en jetant des regards à 360° qui me paraissent quelque peu éperdus. A un moment, elle propose même qu'on aille admirer le jardin de l'autre côté, qu'il est tellement beau quand le soleil se lève sur les bégonias et, juste avant qu'on se mette en branle, la voilà qui se met à tousser, areuh areuh, genre code 007. Comme on est poli, on lui emboîte le pas.

Seulement voilà, les rhododendrons et les fraisiers, ça n'a jamais vraiment passionné la foule, on ne fait pas trois heures du côté de la serre et nous nous en repartons assez vite vers la table du petit déjeuner, Papa et Rô-Rô ouvrant la marche.

A peine ont-ils tourné le coin que je les vois s'arrêter, saisis, en position de karatékas mais des karatékas prêts à trouver le salut dans la fuite.

Agrippé à la tuyauterie, agile comme un singe, souple comme une liane, un individu est en train de descendre le long du mur.

— Putain ! Un voleur ! crie Papa.

— Il faut appeler la police ! s'égosille Robert.

Le mec saute à terre, roulé-boulé impeccable, et se relève en souriant.

— Je suis la police, dit-il.

Et il s'en va, narquoisement. C'est vrai qu'il est plutôt beau mec, le CRS de la playa.

Josyane est rouge pivoine.

— Il aurait pu se casser le col du fais-l' mur, constate Robert.

Papa, même s'il ne peut pas sacquer Harold, arbore sa tête de justicier et visiblement se prépare à demander des explications. La solidarité masculine, quoi.

Heureusement, douce diversion, à cet instant précis, Didier fait son apparition à l'autre bout du jardin. Lunettes juchées sur le bout du nez. En slip !

— Didier ! Didier, mon petit amour, que t'est-il arrivé ? crie Josyane, inquiète certes mais surtout vachement soulagée de pas avoir à justifier la présence pour le moins suspecte du représentant de la force publique.

— C'est rien, c'est rien, répond Didier qui part s'installer, toujours en slip, à la table du petit déjeuner où il se découpe une tartine géante.

— Mais ta Lacoste ? Et ton bermuda ?

— Perdus !

— Comment cela perdus ? Mais réponds-moi enfin, mon petit ange ? Qu'est-ce qu'il est arrivé au petit ange à sa maman ?

Elle en rajoute.

Le petit ange mâche consciencieusement son quignon beurré puis nous dévisage en souriant.

— J'ai raccompagné France vers deux heures du matin. Elle était un peu fatiguée. Et j'ai alors commis une légère erreur.

On est suspendu à ses lèvres. Du Hitchcock.

— J'ai accepté un petit poker avec les grands.

— Juste ciel !

— Je gagnais 332,50 F avant le dernier coup.

— Super, dit Robert. Et alors ?

— Ben, j'ai tiré un full aux valets. Contre un full à la dame.

— Imparable ! Imparable le coup ! reconnaît Papa admiratif.

— En effet, soupire Didier, imparable !

La journée qui suit se déroule cool, hyper-cool. Comme un andante de Bach. Ou une bossa de Carlos Jobim. Nous déjeunons vers 15 heures. Homard et champagne, gigot des Alpilles et Léoville Las-Cases, bombe glacée pour achever les survivants. Papa et Rô-Rô ont fait le marché. En seigneurs.

Pendant qu'ils dévalisaient le traiteur, avec Josyane, on a installé leurs affaires dans la chambre d'Harold. Un grand lit pour deux. Désolée, a dit Josyane mais je ne peux pas mieux faire. C'est parfait, c'est parfait, ont-ils répondu trop contents de ne pas avoir à aller négocier un bout de tente du côté du camping des Flots Bleus.

La dernière bouchée avalée, Didier est monté roupiller pour se remettre de sa nuit blanche. L'avantage, lui a dit Robert, c'est que tu n'auras même pas à te déshabiller avant de te glisser dans les toiles. Didier n'a que modérément apprécié ; il adorait son Bermuda.

Malvina est rentrée de Saint-Nazaire où son Jules a chanté pour les ouvriers en grève des Chantiers. Il a fait un tâbâc, je te raconte pas. Elle préfère s'étendre sur ses prouesses techniques en un autre domaine. Je l'écoute en souriant tandis que nous bronzons au soleil. Lorsqu'elle en a terminé avec son Van Den Poutt, je lui narre nos mésaventures de la nuit et on en pleure de rire.

Marrant comme le temps sait arranger tout et vite.

Vers 18 heures, Jérôme se pointe en rapportant les fringues de Didier rangées dans un sac Fnac. La bande a décidé de les lui restituer. Pour solde de tout compte. On n'est pas des sauvages, commente Jérôme.

Une demi-heure plus tard, le reste de la troupe débarque. Tous sourires dehors. Enterrées les haches, sortis les calumets. L'heure est à la fraternisation. Michel me propose de faire un scrabble et je le bats à plate couture. Faut dire que quand tu fais kiwi et zloty en deux coups et sur un triple, t'as vraiment creusé la distance. Jean-Marie va chercher Charlotte à son hôtel, la ramène, lui apprend à jouer aux tarots et la laisse gagner. France monte réveiller Didier. Et ne redescend pas. Jérôme défie Papa et Rô-Rô au poker. Cave à 10 F, on divisera par quatre à l'arrivée. Les hommes acceptent. Un pigeon, même au tarif Edouard Leclerc, cela ne se refuse jamais. Féfé, enfin, joue au piano The Man I love pour une Josyane pâmée. Gershwin, c'est son truc, elle explique.

A 20 heures, Isabelle appelle de Marrakech. Tout va bien, elles bronzent, marchandent dans les souks et sont sages comme des rois mages. Papa lui dit qu'il l'aime, qu'il faut qu'elle s'amuse bien entendu mais si elle fait la moindre connerie, il le saura et il lui arrachera la tête puis il me la passe et revient vite faire tapis avec sa fausse quinte. Ce qui lui coûte 14 balles parce qu'évidemment Robert a maté ses cartes pendant qu'il était au téléphone.

A 21 heures, on termine tous ensemble les reliefs du déjeuner.

Une heure plus tard, c'est Maman qui appelle de Paris. Qu'elle vient d'avoir le fils au téléphone. Oui, oui tout va bien. Il est au cœur du Middle West, à Kansas City, la ville d'où, dans les années 30, est parti le jazz swing avec Benny Moten, Count Basie, Lester Young et Oran « Les Lèvres Chaudes » Page. D'ailleurs, Steph est allé écouter une petite formation de Rhythm and Blues au Reno Club et ça lui a brusquement rappelé qu'il avait de la famille en France. Alors, il nous embrasse tous, attention ça risque de couper, y a plus beaucoup de pièces dans la machine. Ah oui, à ce propos justement, il serait bien content de trouver un petit mandat télégraphique à son arrivée au Tropicana Motel de L.A. Bien dire à Papa que le Tropicana, c'est l'endroit où Tom Waits se bourrait la gueule avec Bette Midler et Ricky Lee Jones, ça l'attendrira peut-être. A part ça, il n'arrête pas de sauter des Américaines qu'elles sont folles des mangeurs de grenouilles et...

Et quoi ? On ne le saura jamais parce que la préposée a coupé. Voilà, dit Maman, j'espère que vous vous amusez bien, nous on se réjouit de partir, on n'en peut plus, ici c'est une vraie fournaise, Paris s'est à peine vidé, les gens ne partent plus, ils n'ont plus de pognon, c'est fou non ?

Oui, c'est fou. Allez, gros bisous à tout le monde. Raph, est-ce que tu te laves bien les dents tous les matins ? Et les Bretons ont-ils vraiment des chapeaux ronds ? T'es sage hein ma fille ? Oui, oui Maman, t'embrasses Hervé. D'accord, d'accord, allez, je rappellerai du bureau. Smack. Smack.

A 23 heures, tout le monde décide d'aller se pieuter. La nuit précédente a été rude. On se retrouve demain. A la plage. Ou au tennis. Ce sera selon les nimbus.

Papa et Rô-Rô montent mettre une cravate et enfiler la veste des grandes occases puis partent avec leur liasse direction le cazingue.

Vers minuit, mon premier sommeil sera troublé par le bruit de quelqu'un qui grimpe en ahanant le long de la vigne vierge. Tiens, le flic qui revient, songerai-je mais, en entendant parlementer là-haut, je tendrai l'oreille et reconnaîtrai la voix pressante de Féfé. Dix minutes de négociations ardues menées de main de maître par Lebarron suspendu entre ciel et terre, agrippé à la rambarde puis, aux craquements du parquet au-dessus de ma tête, je saurai que Josyane Lalicorne a finalement succombé.

Gershwin a composé The Man I love en 1924. Ça fonctionne toujours.

Une heure plus tard, j'entendrai la Deuche franchir le portail. En roue libre, moteur arrêté, tous feux éteints.

Pour ne pas nous réveiller ? Ou, pour économiser l'essence ?

Le lendemain, y a drame. Le téléphone fait tinter sa crécelle vers 8 h 20 et c'est je qui décroche. Un type qui me parle en italien. Gianni ? Marcello ? L'horreur qui recommence ? Non, ouf ! C'est un carabinier. Qui appelle depuis Taormina et qui souhaite parlare à la Sinora Lalicorni.

Je pars en courant réveiller Josyane. J'arrive, j'arrive ! elle me crie à travers la porte close tandis que j'entends des pas précipités et la fenêtre qui s'ouvre. Apparemment, Féfé repart comme il était venu. Décidément, faudra songer à baliser le parcours. Josyane descend. Malvina se saisit de l'écouteur.

Harold est à l'hôpital. Une jambe dans le plâtre. Tiens, aurait-il fait le mur, lui aussi ? Non, il a glissé sur les marches de la piscine. Non, non, personne ne l'a poussé. C'est un accident. Mais il réclame sa femme qu'il aime beaucoup, si, si Sinora. La jeune personne qui était avec lui est repartie précipitamment pour Roma. Si, si, qu'elle peut venir, qu'on l'attend, prego.

Josyane raccroche, toute pâlotte. Et cette idiote, au lieu de faire dire à son Harold qu'il peut crever la gueule ouverte dans son hosto pourri, remonte en courant jeter trois affaires dans un sac de voyage tandis que Malvina est priée de s'habiller pour la conduire à la gare qu'avec un peu de chance elle aura l'express de Paris de 9 h 50.

— Je vais réveiller Papa et Robert, j'annonce histoire de me rendre utile.

— Non, non, laisse-les dormir, me dit Josyane. Je n'aurais pas le temps de leur expliquer ce qui arrive. Je vous appellerai de là-bas, dès mon arrivée à l'hôpital.

— Tu ne crois pas que tu exagères un peu ? interroge Malvina. Papa te laisse tomber comme une vieille Burlington trouée et toi, au premier appel, tu sprintes à son chevet, toutes affaires cessantes. Tu es vraiment trop tarte, Maman !

— Que veux-tu ! Je l'aime, cet homme !

— D'accord, d'accord ! C'est sans doute ce que tu expliquais il n'y a pas deux soirs à ton maître-nageur ?

— Ça n'a rien à voir !

— Ben voyons ! Il était peut-être venu t'enseigner les techniques rapprochées du close-combat ?

— Oui, oui, c'est cela.

— Et te faire du bouche à bouche ?

— Malvina, tu m'ennuies ! Ton père est mourant...

— Mourant ? Avec une jambe dans le plâtre !

— Mon devoir est d'accourir à son chevet, donc j'accours, un point c'est tout.

— Qu'est-ce que je dois dire à Féfé ? j'interroge, pas qu'un peu vicieuse. Y a-t-il message à transmettre ?

— A Féfé ?

Elles me regardent toutes deux, sans comprendre. Ou du moins, Josyane fait comme si. Et elles partent fissa vers la Visa. Qui démarre en faisant crisser ses pneus, comme dans un polar.

Avant d'aller réveiller les flambeurs pour les tenir au courant du suivi, je décide de me préparer un petit déjeuner reconstituant. Je suis donc en train de faire chauffer mon caoua dans la cuisine lorsqu'on frappe au carreau. Féfé ! Féfé qui sort des hautes herbes en boitillant. Ne manque pas d'air celui-là !

— Je peux me joindre ? demande-t-il. Je me suis fait mal à la patte en sautant. Et la nuit a été rude.

J'acquiesce. Il entre, m'aide à sortir le barda et fait griller le pain.

— T'es fier de toi ? je demande, pincée.

— Un peu ma cousine ! C'est ma première vieille !

Les hommes sont décidément abjects ! Josyane Lalicorne, à bout de forces, s'est abandonnée à lui pour l'empêcher de sauter dans le vide et voilà comment il la remercie ! Sa première vieille ! Dégueulasse ! Je lui dis tout ça. En bon fils de diplomate, il sent plus habile de moduler. C'est pour rire qu'il disait ça.

— En tout cas, Josyane est plus forte que toi. Parce que tu ne dois pas être son premier petit jeune !

Et toc !

Sport, il se marre et passe à autre chose. C'était quoi tout ce ramdam ? Et où elles sont parties feu au derche ?

J'explique. Il soupire. Dommage ! C'était un bon coup !

Insensé ! Et, en même temps, on ne peut pas lui en vouloir vraiment. Ce mec, il est nature, simplement. Après tout, Josyane, il ne l'a pas violée. Il a négocié, séduit, emballé. Il a su découvrir la perle dans l'huître, l'allumeuse sous le réverbère, la truffe sous la cendre. Il n'a jamais fait qu'appliquer le théorème de Ronsard qu'il est enseigné dans toutes les écoles : cueillir la Jôse avant qu'elle se fane.

Je décide donc de passer l'éponge. D'autant qu'Harold ne m'a jamais chargée de vigiler en son absence.

Après avoir sérieusement ébréché la miche de pain et vidé la cafetière, Féfé se lève et repart en boitillant vers chez ses potes. Visiblement, il lui tarde d'annoncer l'exploit. C'est toujours le même problème : s'il n'y avait la caisse de résonance des médias, y aurait-il autant de monde à chasser l'anaconda ?

Féfé parti, je décide d'aller réveiller mes hommes. Je monte et frappe à la porte. Pas de réponse. J'entre. Papa ronfle sur le lit, les bras en croix, les jambes en X. Robert idem par terre, noyé dans sa couette mais les deux pieds encore sur le matelas du pater. Pas de doute : y a dû avoir combat sauvage pour la sauvegarde du territoire. La guerre du pieu ! Ils sont trop mignons.

Sur la table près de la fenêtre, le contenu des poches : mouchoirs, briquets, étui à cigares, tickets de PMU, carte de presse et la pince à billets de Papa.

Elle est vide !

Autant les laisser roupiller. Le réveil risque d'être teinté de mélancolie. Je referme la porte, délicatement. Sur le palier, Didier, encore tout endormi.

— Où est Maman ?

Putain ! D'accord, et voilà, c'est pour moi ! C'est à moi d'annoncer à ce têtard qu'il est virtuellement orphelin. Que son père gît et geint sur un lit d'hôpital au fin fond de la Sicile. Et que sa mère est dans un zinc qui a toutes les chances de s'abîmer en pleine mer Ionienne. Je prends des moufles pour expliquer. Didier m'écoute sans piper, attentif et grave.

— Très bien, m'annonce-t-il quand j'en ai terminé, à partir de cet instant, j'occupe la chambre de Maman !

Et il part chercher son oreiller.

Un peu plus tard dans la matinée, il y a un genre conciliabule dans l'ex-chambre d'Harold. Fox-Trot pavloffe à la fenêtre en matant les rouges-gorges qui se cachent-cachent dans la vigne vierge. Robert est allongé sur le lit en peignoir, les mains derrière la nuque. Papa, en pantalon de pyjama, marche de large en long. Je suis installée sur le sol, dans un rayon de soleil.

— J'ai jamais vu une histoire pareille, hurle Papa. Ces gens nous invitent à venir passer des vacances chez eux. Et, quand on arrive, c'est pour apprendre que, premièrement, le sieur Lalicorne s'est taillé rejoindre une poulette en Sicile et, secondement, que maintenant c'est sa régul' qui met les voiles. En nous laissant bien évidemment toute la bicoque sur les bras. Avec la fille en chaleur et le môme en prime. Non mais franchement, il y a de quoi se la prendre à deux mains et se la cogner contre les auvents, non ? Et tu es vraiment sûre Raphaële qu'elle n'a laissé d'argent nulle part ?

— Ah ça, j'en suis certaine Papa. Malvina m'a tapé de dix francs tout à l'heure pour un livreur.

— Je ne crois pas ça, râle Robert à son tour. Ces mecs, ils sont milliardaires et c'est nous qu'on va devoir assurer l'intendance.

J'essaye de les tranquilliser un peu. Que le frigo et le congélo sont pleins. Qu'il y a du Haut-Médoc dans la cave et des pommes dans les pommiers. Qu'on peut donc très bien survivre sans faire définitivement sombrer le budget.

— C'est une question de principe, répond Rô-Rô, lèvres serrées. Nous étions venus ici pour faire des économies.

— Ah bon ! Je pensais que c'était pour me voir !

— Mais oui, mais oui évidemment ma chérie, c'est pour toi qu'on est là, rame Papa tout miel. N'empêche que nous sommes mal barrés.

— A ce point ? Vous n'avez donc pas gagné hier soir ?

Va va voum ! Que n'ai-je point dit là ? J'ai à peine fini de poser la question qui tue qu'ils sont déjà en train de s'insulter comme des charretiers. Bave aux lèvres et poings brandis. Difficile à suivre, l'argutie. Mais apparemment, la montante de D'Alembert n'a pas donné le rendement escompté. Pourtant, cela avait plutôt bien débuté. Ils avaient sagement attendu que le Noir sorte quatre fois de suite pour tout mettre, oui tout ! sur le Rouge. Et ça a doublé ! Une fois, deux fois, trois, quatre, cinq fois ! Alors là, leur cœur a commencé d'infarctusser. Jamais on n'a vu le Rouge sortir six fois de suite, il paraît.

Alors, ils ont tout reporté sur le Noir.

Et bien entendu, c'est le Rouge qui.

— Jamais ! Tu m'entends Raph, jamais de mémoire de croupier corse, on a vu le Rouge sortir six fois de suite ! Cette roulette doit être truquée ! Mais on ne va pas se laisser faire comme ça ! On va écrire à Gault et Millau, Broussard et Columbo, Commissaire et Moulin ! On va exiger descente de poulets et fermeture administrative. A moins que Barrière ne nous rembourse ?... Oui, c'est ça. Barrière va certainement nous rembourser. C'est un seigneur ce mec-là, t'as qu'à voir les bijoux qu'il a offerts à sa femme.

Mon père est majeur et vacciné. Je ne suis jamais morte de faim. Ni de froid. Son pognon, il a le droit d'en faire ce qu'il veut. Mais quand même, trop c'est trop. Bête à ce point, on ne fabrique plus.

— Vous n'allez quand même pas me faire gober que lorsque vous avez tout transféré du Rouge au Noir, vous n'avez pas, au moins, récupéré votre mise de départ ? j'interroge indignée.

— Moi, je voulais ! crie Robert.

— Nous avions décidé de tout laisser porter, clame Papa. Nous n'avions pas à revenir sur ce qui avait été voté. C'est même là l'un des fondements essentiels de toute démocratie qui se respecte.

— Seuls les cons ne changent pas d'avis, relance Rô-Rô.

— Dans ces conditions, je suis con et fier de l'être !

Et ça repart. Comme dans les tranchées. On dirait un couple de vieux peds se faisant une scène parce que l'un d'entre eux s'est offert un petit extra avec un trav' en sortant de Roland-Garros.

J'en ai marre, je tape du pied.

— Assez !

Ils s'arrêtent, confus. Deux mômes surpris doigts dans la Danette.

— Comment vous allez faire ? je questionne, profitant de l'accalmie. Nous n'allons quand même pas piller les provisions Lalicorne ?

— Si, si, nous le pouvons, répond Papa. Nous avons été invités, que je sache. Mais... c'est plutôt pour le reste. L'essence, le tennis, les glaces, la boîte, les huîtres, ton argent de poche ma chérie.

— On payera par carte de crédit et c'est tout, laisse tomber Robert résigné.

— Tu as la tienne ?

— Ben évidemment. Pas toi ?

— Non, euh, ils me l'ont reprise à la banque le mois dernier.

— Ah, je vois, soupire Rô-Rô. C'est donc encore plus grave que tout ce que tu m'avais annoncé ?

— Oui, un peu, répond Papa gêné. Mais bof ! ne nous laissons pas abattre, le bout du tunnel ne doit plus être loin. Et puis, c'est toujours dans l'adversité que se sont forgées les grandes destinées.

Papa, il aurait dû faire forgeron. On serait riches !

Silence. Réflexion. Gamberge maxi. Petites cellules grises. Puces. Circuits intégrés. C'est-les-cons Valley.

— Bon ! annonce Papa. Déjà ce soir Raph, tu nous organises une petite partie de poker avec tes copains.

— Oui, oui, jubile le tonton. On va se les prendre en tenaille et se les raser. Se les massacrer !

— Pas question ! je proteste.

— Mais pourquoi ? On ne leur fera pas de mal !

Deux vrais salauds. Vous mettez deux mecs comme ça à l'écran, les gens ils envoient leurs pompes à travers la salle.

— Ce sont mes copains ! Vous ne toucherez pas à un seul de leurs cheveux !

— Bon, bon, ne te fâche pas ma chérie. C'était juste une idée comme ça, en passant.

— Et puis, j'ajoute, de toute façon, ils sont encore plus fauchés que vous. Ils ont tout claqué. Depuis trois jours, ils ne bouffent plus que des pâtes. D'ailleurs, ce soir, ils dînent là. Avec Malvina, on les a invités. On a mis un roastbeef à décongeler. Et nous étudierons, tous ensemble, un plan de redressement.

— De redressement ?

— Oui, financier. Nous allons tous chercher des idées pouvant rapporter du fric. Genre leçons de natation, baby-sitting, café-théâtre, plombier-camping. Vous êtes évidemment cordialement invités tous les deux. Mais attention hein, ça ne va pas rigoler, ce sera un véritable brain-storming.

— Génial ma fille ! On y sera ! Vive les jeunes !

Et Papa se tourne vers Rô-Rô tout en sortant de sa valise un jeu de cartes.

— Eh Rô-Rô, si en attendant, on se faisait un petit brèmes-storming ?

Et les voilà qui se mettent à taper le carton, à même les draps défaits.

France nous rejoint, Malvina et moi, un peu plus tard dans le jardin. Didier en écrase toujours et les hommes se font la guerre au pok'. Malvina est en train d'installer des assiettes en carton sur la table au soleil tandis que je touille une grande salade mélangée tomates laitue maïs poulet anchois œufs durs et gruyère.

France a les yeux rouges. Beaucoup pleuré.

— Mais qu'est-ce qu'il t'arrive, France ? demande Malvina en la dévisageant attentivement.

— C'est horrible ! répond France et elle éclate en sanglots.

Malvina et moi nous rapprochons. Attentives. Angoissées. Voir France ainsi pleurer, c'est pas supportable.

— Mais explique-nous, je dis. Sinon, comment veux-tu qu'on t'aide ?

France renifle, nous regarde, se mordille les lèvres, tourne la tête et lâche sa bombe.

— Je suis enceinte !

— Quoi !

A la Scala de Milan, ils n'ont jamais eu des choristes qui s'exclament aussi synchrones, même dans Rigoletto.

— Oui, je suis enceinte !

— Mais enfin...

— Je vous l' dis à la fin. I' vous faut quoi ? Un dessin ?

— Mais comment le sais-tu ?

— J'ai douze heures de retard !

On éclate de rire. Pas France. Elle a le masque tragique.

— Ne vous moquez pas ou je me barre et jamais vous me revoyez.

Et elle ne plaisante pas, la petiote.

— Mais France, j'intercède, tu ne dois pas t'en faire. Douze heures de retard, ce n'est rien, absolument rien. Tu nous aurais dit douze jours, ou douze semaines, là d'accord, y aurait eu alarme. Mais douze heures, c'est une plaisanterie. Et d'abord, comment pourrais-tu connaître l'arrivée de tes règles à heure fixe ?

— J'ai toujours été très régulière. Mon cycle a été à chaque fois de 28 jours, 9 heures et 30 à 35 minutes.

— Comment peux-tu le savoir ?

— Je note, bordel, je note ! Depuis la première fois.

Attendrissante.

— Eh bien, ce sont les vacances, le voyage, le changement d'air, les baignades qui auront déjanté ton cycle.

— Arrête ton char, Raph. Tu es gentille mais si je te dis que je suis enceinte, c'est que je le sais.

— Tu le sais ?

— Oui.

— Mais comment, Grand Dieu ?

— Parce que j'ai...

Et pof, c'est reparti. Les lacrymales en bacchanales. Le Rhône en crue. La Durance en folie. Le Rhin en Danube.

— Eh bien, parle France à la fin, tu es tuante. Pourquoi serais-tu enceinte ?

— Parce que j'ai couché avec Didier !

Là évidemment, y a un blanc. Un blanc pur comme même en Afrique du Sud ils n'ont plus.

Malvina et moi dévisageons France, muettes de saisissement, horrifiées. Elle tape du pied.

— Eh bien oui, ne me regardez pas comme ça ! J'ai couché avec Didier. Voilà. J'en avais envie. Vous n'allez pas m'en chier une pendule !

Non, vaut mieux pas, ça fait mal.

— Mais tu as fait ça quand ? Et où ? intervient Robert attiré par les cris et penché à la fenêtre en caleçon.

— Ben, hier après-midi. Pendant que vous glandiez tous dans le jardin.

— Et où ?

— Ben... Euh... Ici.

— Ici ?

— Oui. Dans la chambre de Didier.

— Mais c'est épouvantable ce que tu nous annonces, France, je soupire. Est-ce que tu te rends compte ? Tu as à peine quatorze ans.

— C'est Didier ! — Et hop, à nouveau les Grandes Eaux —. Il m'a dit que si je ne couchais pas avec lui, il me plaquerait. Qu'on ne se reverrait jamais. Et, plus grave encore, qu'après, il se débrouillerait pour me scier tous mes coups.

— Le petit salaud ! fait Malvina.

Un peu admirative quand même. Ah, dans la famille Lalicorne, question sexe, ça rigole pas !

— Et alors ? je demande, toujours aussi médusée.

— Ben, j'ai accepté. Je l'aime Didier, moi !

— Mais c'est insensé cette histoire ! tonne Robert depuis sa mezzanine. Et qu'est-ce que vous avez fait alors, France ?

— On s'est mis au lit.

— Ah ! carrément !

— Oui. Sous les draps.

— Et puis ?

— Et puis ? On a dormi, pardi !

Malvina et moi en dégringolons de nos chaises de paille tandis que Robert recule précipitamment pour ne pas sauter. Pendant trois bonnes minutes, nous ne parvenons pas à prononcer un seul mot intelligible. France nous tuerait si elle le pouvait.

Finalement, souffle retrouvé, nous expliquons à France que ce n'est pas cela que la rumeur appelle coucher avec un garçon. Qu'il ne suffit pas de dormir dans le même lit. Qu'il faut un contact sexuel bien précis. Que le zizi doit s'en aller batifoler du côté du chatounet. Mais qu'en aucun cas, le fait de s'être posée dans le lit d'un garçon pour y piquer un petit roupillon ne peut entraîner une ovulation.

France nous écoute, à demi rassurée seulement. Ah bon, elle était vraiment sûre d'être enceinte. Elle aurait même juré qu'elle l'avait déjà senti bouger. Enfin, puisqu'on le dit.

Et brusquement, elle rééclate en sanglots.

— C'est trop bête, j'avais déjà choisi le prénom !

— Je suis folle amoureuse ! soupire Charlotte.

Deux jours que je ne l'avais plus vue. Qu'elle ne s'est plus signalée à notre attention. Trois fois, je suis passée à son hôtel et trois fois on m'a dit ne pas savoir où elle pouvait bien se trouver.

Et là, je la rencontre par hasard dans l'avenue des Rosières et elle passe spontanément aux aveux.

Elle est amoureuse. A en crever. D'un garçon arrivé en vacances dans son hôtel voici trois jours. Avec ses vieux. Dix-huit, dix-neuf ans. Peut-être moins. Mignon ? Oui, mignon. Enfin, c'est pas Patrick Bruel mais il a du charme. Plein. Exotique, oui, exotique il est. Mystérieux. Comment s'appelle-t-il ? Elle ne le sait pas encore. Lui a-t-elle parlé ? Non, non pas encore. Elle l'observe, le fixe, le zieute, le mate, l'envoûte, le chauffe, l'ensorcelle. Et pourquoi on ne la voit plus elle depuis deux jours ? Because l'amour. Elle est trop concentrée. Elle a besoin de solitude. De faire le point. Elle relit Verlaine dans sa piaule et elle marche. Face à la mer. L'esplanade François-André dans les deux sens, perdue dans ses rêves.

D'ailleurs, ça y est, tiens à propos, elle prend la pilule ! Depuis avant-hier, qu'elle a eu ses mensualités. Pour être prête, le cas échéant. Et où on peut la voir cette huitième merveille du monde ? j'hasarde amusée. Au tennis. Au tennis, cet afternoon. Charlotte l'a entendu réserver un terrain, alors elle y va bien sûr. Si je veux venir, la bienvenue je serai.

On se retrouve donc après le déj', direction le Country-Club. Et là-bas, ô surprise, nous découvrons plein de monde qu'on ne savait même pas qu'ils seraient là.

Papa et Tonton Rô-Rô en train de faire un gin-rummy à 20 F le point avec Claire Larivet, la femme du producteur de disques. Ils gagnent. Heureusement, ils n'auraient pas de quoi payer.

Malvina. Qui sort des douches. Apparemment, elle a dû les utiliser pour autre chose que ce à quoi les architectes les avaient destinées puisqu'elle s'échappe d'une des cabines en même temps qu'un monsieur au demeurant charmant mais qui n'est pas plus mouillé qu'elle. Elle nous le présente. Claude-Jacques. Celui de l'année dernière. On prend les mêmes et l'on recommence. Claude-Jacques est grand, brun, bien balancé, bronzé, l'air con. Malvina a du goût.

Féfé et Jean-Marie. Sur le court N° 4. Pas vraiment doués mais faisant un cinoche infernal pour tenter d'attirer le regard des filles qui passent par là. Marrant comme les clubs de tennis dans les stations balnéaires sont bien souvent les endroits où naissent les idylles, se forment les bandes et se fomentent les meutes.

Un peu plus loin, assis dans le gazon, Michel et Jérôme. En train de parler peinture tout en feuilletant le dernier numéro de Galeries-Magazine. Braque était-il miro et Miro est-il braque ? Fuyons mes sœurs, fuyons.

Court N° 17, les parents de Charlotte qui jouent en double contre les De Lapaluche-Molassonne, vieille noblesse poitevine. Tennis médiocre. Lui attend immobile que la balle arrive au milieu de sa raquette mais houspille son épouse si elle ne bondit pas ventre à terre sur les obus les plus irrattrapables. Lamentable, soupire Charlotte avant de me demander si mon père pratique.

Papa ? Quelle rigolade ! A part le loto sportif, il ne pratique pas vraiment. La dernière fois qu'il a couru, j'explique à Charlotte, c'était en 1962. Il avait fait du gringue dans un cocktail à la femme du sous-préfet des Alpes-Maritimes et le mec l'avait coursé tout au long de la Promenade des Anglais. Ce jour-là, Papa a fait vite sur le mile mais le record n'a jamais été homologué.

Et, tandis que nous avançons entre les haies de rosiers parfumés, Charlotte se remet à me parler de son big love. Que c'est un mec canon. Qu'elle a son petit cœur qui fait klook-a-mop quand le soir il pénètre, mystérieux et impérial, dans la salle à manger de l'hôtel. Qu'il mange avec sa fourchette et son couteau, ne met jamais ses doigts dans le nez, reprend toujours du dessert et qu'après le dîner, il s'installe sur la terrasse, walkman sur les oreilles, avec un gros bouquin, même qu'elle en a vu le titre, que c'est La Dalle aux bégonias ou aux camélias, elle se souvient plus très bien.

Enfin bref qu'elle est sûre qu'il va l'aimer aussi fort qu'elle l'aime déjà.

Un quart d'heure plus tard, Michel et Jérôme viennent nous rejoindre sur les tribunes du court central où nous avons fini par échouer, désœuvrées. Sympas, ils ont apporté avec eux une grande bouteille de Coke et quatre gobelets. Le père de Charlotte, tout essoufflé, vient nous saluer mais cette fois ne me demande pas comment je hâle. Il a la même bedaine que Papa, sauf que lui ce n'est que de l'Appellation Contrôlée et du Grand Crû Classé.

A peine nous a-t-il quittés que je sens Charlotte se raidir à mes côtés.

— Ça y est ! J'ai des fourmis dans les plantes de pieds et mon nez me chatouille ! Il va arriver !

Fectivement, le galant se pointe sur le court central. En compagnie d'un partenaire plus âgé. De loin, il semble potable. Cheveux châtains. Teint hâlé. Lunettes de soleil. Pas très grand mais plutôt baraqué. Pour ne pas dire enveloppé. Normal s'il aime la crème anglaise. Tenue de tennis blanche tout à fait classique. Quelque chose dans sa démarche me trouble, m'évoque, me rappelle mais quoi je ne sais pas.

Il commence à jouer. Sans un regard pour nous. Ni pour Charlotte.

Et soudain, Jérôme se lève.

— Merde, mais c'est Thomas ! Thomas !

L'interpellé rate sa montée au filet et s'arrête, contrarié. Met la main sur les yeux et s'approche, méfiant.

— Mais... mais c'est Jérôme !

Ils se sautent dans les bras l'un de l'autre, se congratulent, éclatent de rire. Viennent vers nous. J'observe Charlotte. Elle est au bord de la cope-syn. Jérôme fait les présentations. Charlotte... Thomas. Michel... Thomas. Raph... Thomas.

Et l'on se retrouve nez à nez. Et l'on se reconnaît en même temps.

— Raph ?

— Thomas ?

Thomas ! Ensemble, on était. A la Communale ! En 9e. Avec Mme Schleguel, celle qui refluait du goulot. Thomas ! Le premier mec qui m'ait jamais roulé une pelle !

Il ne lâche plus ma main et me dévisage en souriant. Ses dents sont éclatantes et paraissent prêtes à me mordre. Ses lèvres sont pulpeuses comme une papaye et son sourire est tendre comme la coda du « Don't blame me » de Miles et Parker que Papa écoute chaque fois qu'il a le blues.

Je fonds littéralement sur place.

— Tu te souviens ? me demande-t-il en riant.

Et comment que je me souviens ! On s'était juré un amour éternel et, à la fin de la 7ᵉ, il a dû suivre ses parents qui partaient s'installer à Rouen. Et depuis, nous ne nous sommes jamais revus.

Thomas, putain !

Charlotte mon amie, ma sœur, je ne voudrais pas te mettre le moral à zéro mais pour toi, c'est mal barrec.

— Tu m'attends ? Je fais juste un set, j'ai promis et après on discute.

Et comment !

Thomas part rejoindre son adversaire.

— Tu le connais ? me demande Charlotte.

— Tu le connais ? me demande Jérôme.

— Tu le connais ? je demande à Jérôme.

On éclate de rire. Enfin tous les deux. Parce que Charlotte tire la tronche. On dirait la Duchesse de Bedford venant de trouver une queue de souris dans son potage au Béluga de la marine.

— Ouais, je dis à Jérôme, nous étions ensemble à la Communale. Et toi ?

— Moi, j'ai fait du ski avec lui, l'année dernière, à l'Alpe. C'est un type extra. Il ne parle jamais beaucoup mais il est net dans sa tête et ça j'aime.

Moi aussi. Marrant mais j'ai l'impression d'être soudain l'héroïne tartignolle d'un roman à deux sous comme en lisait toujours mon arrière-grand-mère. Elle avait, dans sa bibliothèque, les éditions originales de Gide, Cendrars et Jarry mais sur sa table de nuit c'était plutôt Delly, Magali et Max du Veuzit. « Son cœur se mit soudain à palpiter dans sa gorge fragile : le Prince venait de lui sourire et c'était comme si la foudre était tombée à ses pieds, et patati et patata. » La voix de Charlotte, haineuse, me tire de ma rêverie.

— Alors ? Tu réponds ? Qui c'est ce mec ?

— C'est Thomas, je réponds et je prononce son nom comme s'il était en cristal. Mon premier flirt. J'avais dix ans et lui onze. Nous étions virtuellement fiancés quand il a dû suivre ses parents qui émigraient à Rouen.

— Oui, oui c'est ça, approuve Jérôme, maintenant je me souviens, il habite Rouen.

J'ai la bloblotte. C'est idiot, je le concède volontiers mais j'ai la bloblotte. Les paumes moites. Le souffle court. Envie de chanter comme dans « Les Parapluies de Cherbourg ».

— Dis donc, t'es pas dans ton état normal ou quoi ? relance Charlotte et il y a un tombereau de hargne dans sa voix.

— Charlotte, écrase ! je dis.

Elle se lève et part vexée. D'accord, j'ai eu tort, je sais mais merde après tout ! Quand Paul a retrouvé sa Virginie, Andromaque son Hector, Roméo sa Juliette, Iphigénie sa Tauride et Jacob son Delafon, personne n'est venu les faire caguer. Enfin, personne ou presque.

— Attends, je m'en occupe, me dit Michel en me faisant un clin d'œil et il part en courant rejoindre Charlotte qu'elle renifle un peu plus loin.

Dix minutes plus tard, Thomas vient me rejoindre. Pour être plus vite à mes côtés, il s'est laissé battre à plate couture. 6-0. Son adversaire part en roulant. Lui vient me prendre par la main et c'est comme si j'entendais James Ingram chanter « Ya Mo B There » pour moi toute seule. Discret, Jérôme s'éclipse.

On s'enfonce dans les allées. Sans rien dire. En se souriant.

J'aimerais bien qu'il m'embrasse. Mais l'idée n'a pas l'air de l'effleurer.

— Je suis heureux de te retrouver Raph, tu peux pas savoir.

— Moi aussi Thomas, j'arrive à déglutir.

Et on repart. Sa gauche dans ma dextre. On avance au même pas. L'accord parfait. Comme si on ne s'était jamais perdus de vue. Comme si nous étions à nouveau rue Fondary, à deux pas de la communale, lorsque nous nous raccompagnions par le chemin des écoliers.

Quand on passe à proximité du court N° 4, Jean-Marie et Féfé arrêtent de taper dans la balle et sifflotent, admirativo-perplexes. Comme s'il y avait plein de petits Cupidons gambadottant autour de nous. Sûr, on doit former un joli couple. Je fais un petit signe de la main, genre Princess Diana saluant à une remise de décoration le vieux correspondant de *Point de Vue-Images du Monde* qui a réussi à l'interviewer huit jours plus tôt à Wimbledon en se faisant passer pour un Horse-Guard ayant perdu son cheval.

— Qui sont-ce ? me demande Thomas sans avoir l'air d'y toucher.

— Des copains.

— Des copains ?

— Oui. Enfin, j'ai juste un peu flirté un soir avec Jean-Marie.

— Jean-Marie ? Lequel est-ce ?

— Le brun. Enfin, le brun qui n'a pas de moustache.

— Pas mal, pas mal.

Et il sourit, mystérieux.

Mais qu'attend-il donc ce con ? Moi, j'ai envie qu'il m'embrasse là, maintenant. Devant tout le monde ou devant personne. Mais qu'il passe à l'acte.

On continue de marcher et l'on finit par arriver au bar du Country.

— Tu as soif ? me demande Thomas.

— Non.
— Tu veux une glace ?
— Non merci.

Je viens de décider de faire régime. Mes trois kilos en trop cette fois ils vont valser.

— Moi, je boirais bien un Perrier. Cela ne t'ennuie pas ?
— Non, non pas du tout.

Infernal, mais je me sens déjà soumise, prête à faire tout ce qui lui plaira. Il a soif ? Alors on boit. Il a faim ? Alors on mange. Il est fatigué ? Alors on se pose. Il a froid ? Alors je le réchauffe. Il me veut ? Alors... Alors, je ne sais pas.

Mais putain, dans ma tête, c'est l'infernal incendie du Grand Bazar. Toutes les cellules sont à leurs postes de combat et les neurones galopent dans les coursives d'un lobe à l'autre. On me ferait un encéphalogramme, c'est la machine qui péterait.

C'est peut-être ça, l'amour.

— Quel était ce charmant jeune homme en la compagnie duquel je t'ai aperçue tout à l'heure au Country ? me demande Papa dans la Deuche qui nous ramène en cahotant à la villa Lalicorne.

Ouh là, méfiance, le père jacte Régence, y a du suif dans l'air.

— Un copain, je dis.

— Oui, ça on s'en serait douté à voir la façon dont tu le couvais des yeux.

— Ah bon ?

— Absolument. D'ailleurs, c'est bien simple, à partir de l'instant où vous avez débarqué dans le secteur, j'ai commencé à perdre.

— Exact, commente Robert. Il a redonné tout ce que l'on avait péniblement piqué à l'épouse Larivet.

— T'es jaloux, Papa ? je rigole.

— N'importe quoi ! Elle dit n'importe quoi, cette gosse ! ronchonne Papa en levant les yeux au plafond de la Deuche. Il n'empêche que j'aimerais en connaître un peu plus sur ce... comment l'appelles-tu déjà ? Thomas ? Thomas ! Pourquoi pas Augustin, Thibaut ou Gontrand, comme tout le monde ?

Bonjour la mauvaise foi qui décape !

— Alors ? qu'est-ce qu'il fait dans la vie, ce Thomas ?

— Il vient de passer le bac.

— Avec mention ?

— Oui Papa. La même que Steph. Extrême Indulgence du Jury.

— Ah bon ! Encore un intellectuel ! La France est bien barrée, je vous l' dis !

— Et ses parents ? Qu'est-ce qu'ils font ses parents ?

Le vrai interrogatoire de police. Bien sûr, je pourrais envoyer Papa sur les roses. Mais ça m'attendrit plutôt de le voir dans cet état. Ah, y a pas, il a l'instinct qui tue, le pater ! Les autres, Jean-Marie, Michel, Féfé Jérôme, il n'a pas questionné. Mais là, c'est le véritable harcèlement. Le C.V. complet en double exemplaire.

De toute façon, je suis heureuse de parler de Thomas. C'est un peu comme s'il était dans la voiture, à mes côtés.

— Son père est banquier.

— Beurkh.

— Tout le monde ne peut pas être dans le rock and roll ! commente Rô-Rô, allié soudain.

— Banquier quoi ? Derrière un guichet ?

— Non, je ne pense pas. Il est sous-directeur d'agence.

— Où ça ?

— A Rouen.

— Rouen, Rouen.

Papa répète Rouen en maugréant. Comme si c'était vraiment sale d'être sous-directeur d'une agence bancaire à Rouen-Rouen.

— Et sa mère ?

— Elle a une boutique.

Tout cela, je le sais, parce que Thomas me l'a raconté. Comme si l'on avait soif de tout savoir l'un de l'autre avant d'aller plus avant. Pour qu'il n'y ait pas de zones d'ombre.

— Une boutique de quoi, Raphaële ? J'en ai

marre de te tirer les vers du nez, un par un. Parle, bon sang !

— D'articles de cuir.

— D'articles de cuir ! Un truc porno ? Pour les fétichistes ?

— Mais non Papa, Une maroquinerie !

Trois cents mètres en silence. Et soudain :

— Dis donc, ton coquin...

— Papa, ce n'est pas mon coquin ! Je viens de le rencontrer, on ne s'est même pas embrassés...

— Encore heureux ! Est-ce que je rencontre tout ceux que j'embrasse ? Enfin, je veux dire, est-ce que j'embrasse tout ceux que je rencontre ?

— Non, dit Robert, mais parfois tu aimerais bien.

— Bon, toi, ça va ! J'ai une conversation sérieuse avec ma fille, alors, tu es gentil, du balai ! Garde ton humour ravageur pour Elvire de Pasquatuelle !

Et pan ! Robert boude. Papa réattaque.

— Ce jeune homme, Raph, de loin, il m'a semblé que, euh... il m'a semblé qu'il avait comme un énorme coup de soleil. Enfin qu'il était très rouge, quoi. C'est un Anglais ?

— Non, non, je réponds en riant. Et puis d'abord, sa peau n'est pas rouge, elle est cuivrée. C'est sa couleur naturelle.

Coup de freins brutal. La Deuche tangue et stoppe à un mètre d'un platane. Papa se retourne.

— C'est quoi ce mec au juste, Raph ?

— C'est Thomas !

— Pourquoi il est rouge comme ça ? Il pique des fards, tout le temps ?

— Mais non ! Son arrière-grand-mère était indienne et c'est tout !

— Indienne ? Indienne de Calcutta ?

— Non Papa ! De Tucson, Arizona ! Une Navajo, si tu préfères !

Le père, de désespoir, s'arrache une touffe de tifs.

— Une aïeule navajo ! Seigneur, que n'ai-je donc tant vécu ? Voilà que ma fille nous ramène un Apache qui doit se goberger de serpents à sonnettes et de fourmis rouges...

— Tu n'y es pas du tout ! Ce qu'il préfère, ce sont les croque-monsieur !

— Un type dont la bisaïeule a peut-être bien scalpé le grand-père de John Wayne !

— On ne scalpe pas les chauves, intervient Robert qui possède une grande culture cinématographique et qui est donc en mesure de nous préciser que le grand-père de John Wayne fut chauve de très bonne heure.

Mais Papa continue.

— Un Sioux qui doit fumer du H ! Et dans un calumet de surcroît !

— Thomas ne fume pas, Papa.

— Non, mais est-ce que vous vous rendez bien compte tous les deux ? Nous voici affublés d'un Peau-Rouge sur le sentier de la guerre !

— Papa, calme-toi enfin, ses parents ont voté Lecanuet !

Et là, brusquement, j'en ai ras-la-caisse. C'est drôle un moment et puis après, bizarre, ça vous gonfle. Papa remet le contact au moment où j'explose.

— Cette fois, ça suffit ! Je ne dirai plus un mot. Tout ça me dégoûte. Tu tiens de vrais propos racistes, berkh !

— Bon, te fâche pas, tout ça, c'était pour rire, soupire le père.

Le silence s'installe dans la Deuche. Jusqu'à la villa.

Je pars m'enfermer dans ma chambre avec Fox-Trot qui ronronne. J'en ai gros sur la patate. J'envisage même la fugue. Tiens oui, ça le ferait bien chier, ça.

Au bout de trois minutes, le père frappe à la porte. Humble. Il s'assied au pied de mon lit, en tirant mou sur son havane. Ah, j'aurais ramené un Cubain, il aurait pas réagi comme cela, il aurait pactisé vite fait !

Il me sourit.

— Je suis un vieux con, je sais. — Un silence —. Tu es amoureuse, hein ?

— Oui Papa, j'en ai bien l'impression.

— C'est pour ça.

— C'est pour ça, quoi ?

— Que j'ai dit toutes ces conneries. Je faisais un baroud d'honneur. Parce que je n'ai pas envie de te perdre.

Et il me prend dans ses bras. Sniff-sniff de part et d'autre.

— Le jour où tu vas tomber vraiment amoureuse, je ne serai plus rien, je n'existerai plus. Sniff.

Ah, il faut se les faire ! Gâtisme précoce, angoisse du troisième âge avant l'âge, stress de la vie urbaine et crainte de l'hospice.

Je lui annonce qu'il y aura toujours un parking d'office à son nom dans mon petit cœur.

Même si risque de s'y introduire un gros crabe vorace qui va vouloir se faire de la place.

— Eh bien, dis-lui de venir ce soir.

— C'est déjà fait mais il ne peut pas. On doit se retrouver demain matin au club de voile.

— Ah bon ? Demain matin ? Tu ne dors plus le matin, maintenant ?

— Non Papa, je crois que c'est fini. Mais j'ai fait des réserves, tu sais.

— Remarque, ce n'est pas plus mal qu'il ne soit pas là ce soir. Ce n'est pas la peine qu'il apprenne aussi vite que je suis fauché comme les blés.

— Oh, il le sait, Papa ! Il m'a demandé pourquoi on ne t'entendait plus à la radio.

— Et que lui as-tu répondu ?
— Ben, que tu avais pris un congé sabbatique.
— Bien, bien. Et il l'a cru ?
— Je ne sais pas, il a rigolé.

Du coup, nous aussi, on se marre. Ça fait deux ans qu'on tient comme ça. Clochards de luxe, ça s'appelle. Et on n'est pas les plus malheureux. Loin de là.

Paix faite, et sans calumet, Papa et moi sortons enlacés dans le jardin. Robert est sous un pin parasol en train de rater une réussite. Il nous jette un bref coup d'œil torquémadeur puis, rassuré, retourne à ses cartes. Malvina nous rejoint peu après et nous donne des nouvelles de Taormina qu'elle vient d'avoir au téléphone. Tout va bien, Harold est dans le plâtre et Josyane baigne dans le bonheur. Maman est vraiment incroyable, commente Malvina, à l'en croire, c'est reparti comme en 40, ils s'aiment à nouveau à fond la caisse et s'en iront même convalescenser à Capri, pour se prouver que c'est pas fini. Ils nous embrassent tous et espèrent qu'on profite bien de la maison. Merde ! s'exclame Malvina, j'ai complètement oublié de leur parler du problème fric. C'est pas grave, c'est pas grave, la rassure Papa visiblement décidé à ne pas troubler la sérénité retrouvée.

Il est bizarre d'ailleurs. Regarde en l'air, pianote dans le vide en sifflotant « How high the moon » ou bien soupire à fendre l'âme. M'est avis qu'il est en train de nous concocter l'un de ces coups tordus dont il a le secret.

Et boum ! Elle ne s'était pas trompée ! La connerie tombe.

— Dis-moi Malvina, quel est le restaurant le plus cher de La Baule ?

— Le plus cher ? Le plus cher ou le plus agréable ?

— Le plus cher, le plus agréable, le plus couru, le plus snob, tout quoi.

Malvina réfléchit, hésite, compte sur ses doigts. L'Espadon ? Chez Henri ? Le Castel Marie-Louise ? L'Hermitage ? L'Homard Shériff ?... L'Homard Sheriff, peut-être bien. Il vient d'ouvrir mais la rumeur en dit déjà le plus grand bien. C'est, paraît-il, ultra-chicos et hors de prix.

— Très bien ; tu peux nous retenir une table de quatre couverts pour tout à l'heure ?

— Mais ce sera plein !

— Eh ! Ils doivent connaître ton père, non ? Une table pour l'héritière Lalicorne, ça ne se refuse pas. Surtout en période de lancement.

Terrifiant. Papa est à nouveau super-speed. On dirait qu'il vient de toucher le quarté dans l'ordre.

— Mais ce soir, tente Malvina, il y a le séminaire ici. Avec toute la bande.

— Annulé ! Sine die ! Reporté ! A demain soir, même heure.

— Mais...

— Malvina, bordel, il n'y a pas de mais. Ce soir, Raph et toi êtes nos invitées à l'Homard Sheriff. Tenue de gala et tout.

Et il se tourne dans ma direction.

— Ah Raph ma fille, tu vas voir ! Quand il a fait la faute, le père sait réparer. En seigneur !

Du coup, c'est Robert qui affiche l'air angoissé.

— Ce n'est pas raisonnable Alexandre, intercède encore Malvina. Je sais très bien que vous êtes...

— Que l'on est quoi ? riposte le père. Des fauchés ? Des clodos ? Des laissés pour compte de la société de consommation ? Des vieux avant l'âge ? Des nouveaux pauvres ? Des économiquement affaiblis ?

— Mais non, mais non, pas du tout Alexandre.

Voyant qu'elle fait le bide, Malvina tente une dernière esquive.

— Seulement ce soir, je devais voir Claude-Jacques...

— On s'en tape de ton Claude-Jacques ! On s'en fout, tu m'entends ? Vous avez toute la vie devant vous. Ce soir, tu es notre invitée, un point c'est tout.

— Bien, dit Malvina à bout d'arg'.

Et elle part téléphoner. Bonsoir, qu'elle est Malvina de La Licorne. Elle rajoute les particules, histoire de peser dans la balance. Et que... oui, oui bien sûr, elle s'en doute, mais nous serions juste quatre, oui tant pis si l'on n'a pas la vue... Dans la grande salle ? La table du milieu ? Mais oui, ce sera par-fait, vous êtes un amour, merci encore, à tout à l'heure.

— Alors, ça roule ? demande Papa dès qu'elle raccroche.

— Oui, parce que c'est moi et qu'il m'a vue l'autre soir au Bistingo, il a dit.

— Super ! Robert, tu me donnes les clés de la voiture ? J'ai une course à faire en ville.

Robert s'exécute. Je propose d'accompagner. Non, non le père préfère être seul. Et puis, nous devons nous faire belles. Départ dans deux heures très précises.

Malvina m'emmène dans la chambre de sa mère et nous procédons au pillage. Elle se choisit un ensemble de chez Diamant Noir tandis que je fonds sur une robe en lamé or de chez Christian Dior. Attention les yeux !

A l'instant où je redescends, je surprends Robert en train de téléphoner à son CIC. Oui, qu'il faudrait rallonger, juste un peu, le découvert. Que bien entendu il est au courant, seulement voilà il lui faut investir très vite dans une opération de relations publiques qui devrait porter ses fruits à très court terme. Eh ! Oh ! Cher ami, que ça fait quand même vingt ans qu'il est à la même succursale, qu'il a toujours payé ses agios et que la semaine dernière encore, il a refusé de recevoir un démarcheur du Crédit Agricole ; mais oui qu'il sait bien qu'il a un trou de vingt mille francs mais après tout qu'est-ce qu'un trou de deux briques dans un mur de béton ? Juste un petit conduit d'aération, non ? Et puis vous voyez, ajoute-t-il, cela ne va quand même pas si mal, la dernière fois, je vous avais appelé en PCV. Dites-moi à propos, votre épouse tisse-t-elle toujours ses adorables tapisseries de chats persans ? Que j'en ai parlé à la rédactrice de mode du journal, qu'elle fera certainement quelque chose tout de suite après les collections. Bon, eh bien merci beaucoup, je passerai vous voir dès mon retour.

Et il raccroche en s'épongeant. Je fais comme si je n'avais rien entendu et reprends la descente de mes marches. Robert me sourit mais il continue d'avoir l'air soucieux. Pas de doute ; ça use de perpétuellement creuser sa tombe avec ses dents.

A 21 heures 30 pile, on se pointe au Homard Sheriff. Dieu que c'est beau ! Des murs tendus de moquette rose thé. Des tables espacées et richement fleuries. De la vraie porcelaine de Limoges, des couverts en vermeil et des verres en cristal qui font doïng quand on les pince entre les ongles, comme seuls Marielle Nordmann et Harpo Marx savent le faire avec les boyaux de leurs harpes.

Papa et Rô-Rô sont en smok'. Enfin, Rô-Rô a enfilé la veste de soirée d'Harold sur un jean et une chemise hawaïenne tandis que Papa arbore un nœud pap' sur sa veste de flambeur achetée en solde à Macao. L'un fait Rohan, l'autre Chabot. La classe internationale. Empain les croiserait, il s'en mordrait les doigts qui lui restent.

Entourés d'un essaim de maîtres d'hôtel stylés, nous gagnons la table centrale dans un silence admirativo-envieux. J'observe Papa, il est vraiment royal. On pourrait croire que toute la rue d'Aboukir lui appartient ! Au fond, la classe, c'est comme la bicyclette, ça ne s'oublie pas. Dieu sait qu'il est capable du pire et pire encore mais dans les grandes occases, le père sait également se comporter comme s'il avait fait ses classes à Buckingham et pas dans les écuries if you please.

Quant à Rô-Rô, il m'a l'air beaucoup plus détendu que tout à l'heure.

Papa commande d'entrée un magnum de Bollinger 76 et l'on nous apporte la carte.

C'est l'horreur ! Comment vont-ils faire ? Je ne sais que choisir. Et dire que tout cela c'est de ma faute.

La voix du père me sort de mon flip. Pour mieux m'y replonger.

— Homard, les filles ?

— Mais Alexan...

— Mais Pap...

— Allez, quatre homards ! Et des beaux !

— Mais certainement monsieur !

Et le maître d'hôtel s'incline comme s'il se trouvait devant la Bégum avant qu'on lui ait hold-upé ses diams.

— Quelques huîtres de la Côte d'Amour ? Quelques bouquets du Croisic, pour patienter, peut-être ?

— Très bien, très bien, approuve Robert. Préparez-nous un petit assortiment à votre convenance.

Je n'y comprends plus rien. Alors lui aussi s'y met ? On n'a pas fini de bouffer du lapin en promo cet automne. Mais après tout, je ne vois pas pourquoi je serais toujours plus royaliste que le Comte de Paris. S'il faut vivre dans la luxure, vivons-y que diable ! D'autant que, comme dirait Haroun Tazieff, il peut très bien se produire un raz de marée dans les trois minutes qui suivent. Et puis, il faut bien l'avouer, les bulles de champagne commencent à faire leur effet. Je me sens jolie. Gaie. Et amoureuse. A quelques encâblures à vol de mouette, il y a Thomas. Qui doit être en train de dîner en famille et qui doit penser à moi lui aussi comme je pense à lui. Je le sais, j'en suis certaine. Je sens les vibrations. Et elles sont good. Comme dans la chanson des Beach Boys.

Le homard est une petite merveille. Sa chair est ferme et blanche, il y a des saveurs d'herbes enjôleuses, le poivre est coquin et le beurre blanc bouleversant.

— Je jouis ! Je jouis littéralement, soupire Papa en reposant une pince savamment nettoyée. — Des piranhas n'auraient pas fait mieux. — Ah ! C'est l'extase ! Ça va Rô-Rô ?

— Tout baigne ! répond sobrement Rô-Rô en lappant son beurre à la petite cuillère plate.

On nous débarrasse.

— Vous prendrez bien un peu de salade avant le plateau de fromages ? propose le maître d'hôtel.

Ils disent que oui, moi que non. Mais je reçois un coup de pied sous la table, Papa du regard me fusille avant de dire au maître d'hô que oui, oui, quelques feuilles pour tout le monde. J'ai peut-être fait une gaffe de protocole que dans des endroits comme ça, faut forcément dire oui à la batavia.

On nous l'apporte.

Et c'est juste à cet instant que Robert nous signale un vieil Anglais qui a, paraît-il, une tronche pas possible quand il hume son Armagnac 1924. Alors que fait-on Malvina et moi ? Normal, on se retourne discrètos et on regarde. Bon, il a une bonne tête de Major des Indes imbibé mais ça ne valait pas vraiment le risque de torticolis. Il aurait voulu détourner notre attention Tonton, il n'aurait pas procédé autrement.

Revenues à notre salade, nous entreprenons de déguster l'herbage. Et c'est là que soudain, horreur, horreur des horreurs, j'aperçois la bête sous la feuille. Gigantesque, huileuse, brun-mauve, ignoble, immonde, gerbante.

— Aaaaah ! hurle-je en repoussant mon assiette.

— Raph, tu n'es pas folle ? demande Papa, fourchette suspendue entre bouche et assiette.

— Là ! Là, dans l'assiette, sous la feuille !

Blême, je suis.

Papa soulève la feuille et découvre l'énorme ver de terre.

— Aaaaaah !

Dans la salle à manger du Homard Sheriff, nos cris d'effroi jettent un froid. La clientèle a pour coutume de becqueter en silence et d'aller roter dans les communs.

Malvina est debout, Robert itou. Moi, je tremble de dégoût. Mais Papa, classe éternelle, a déjà repris son sang-froid.

— Laissez-moi faire, dit-il et il appelle le maître d'hôtel.

— Est-ce que le directeur de votre établissement est là ?

— Ah non, monsieur, pas ce soir.

— Eh bien, c'est parfait. Je vois que l'affaire est sainement gérée.

— C'est qu'il est à Cannes, monsieur. Là-bas aussi, la saison bat son plein. Mais il sera là demain soir. Y aurait-il un problème, monsieur ?

— Un problème ? Ah, vous appelez ça un problème ? Pouvez-vous suggérer au chef de rang de venir nous rejoindre ?

Aux tables voisines, il y a comme de la curiosité

mais tout se fait en demi-teintes. Ils tendent l'oreille et tentent de voir mais sans avoir l'air de, comme quand dans la rue un nouveau clochard leur demande une pièce de deux balles.

— Papa, je veux m'en aller ! C'est dégueulasse ici, je dis.

Quant à Malvina, elle a l'air effondrée. Après tout, c'est elle qui nous a suggéré l'endroit.

Le chef de rang arrive. Obséquieux.

— Vous m'avez fait mander, Môssieu ?

Pourquoi pas Monseigneur ?

— Oui, répond Papa. J'aurais seulement souhaité que vous m'expliquassiez la présence en cette assiette de cette vermine abjecte ?

Et, du bout de sa fourchette en vermeil, il déplace ma feuille de salade. Le ver, luisant, est toujours là. Chloroformé au vinaigre de framboise, il ne bouge pas d'accord mais l'effet n'en est pas moins désastreux.

— Juste ciel ! s'exclame le chef de rang.

Les autochtones de la Loire-Atlantique ont toujours été très pratiquants.

Et il se tord les mains, tire sur son col cassé pour laisser passer l'air de la mer, pâlit, rosit, rougit, verdit.

— Par l'Immaculée Conception ! recommence-t-il.

— Vous nous préparez la note, laisse tomber Robert d'un ton glacial.

Et il sort son portefeuille. Comme par un fait exprès, sa carte de presse s'en échappe.

— Mon Dieu, mais c'est absolument épouvantable ! Que puis-je faire ? Laissez-moi vous offrir les desserts !

Miam, je les ai vus passer. Un immense chariot. Charlotte aux poires, mousse au cacao amer, Paris-Brest, tarte aux pêches, œufs à la neige, meringue

Chantilly, sorbet aux fruits de la Passion. Je reprends goût à la vie. Mieux, je salive.

— Il n'est pas question que nous restions une seconde de plus dans cet établissement, lâche Papa. Préparez-nous la note. Quant à moi bien entendu, je conserve cette assiette et je vais être obligé d'aller faire un tour aux tables voisines afin de recueillir deux ou trois témoignages. Vous comprendrez bien que nous n'allons pas en rester là.

Il comprend tellement le louf' en chef qu'il propose à Papa d'aller dans son bureau continuer la discussion. Le père, visage fermé, voix feulante, ne veut rien entendre. Et fait mine de s'emparer de l'assiette pour s'en aller faire sa tournée des popotes.

L'autre supplie, suffoque. Que ça n'est jamais arrivé, qu'il a dû tomber d'un arbre l'asticot, qu'il a des enfants à nourrir lui et qu'il va perdre son boulot alors que la saison commence à peine.

Sur notre insistance, Papa finit par céder et le suit.

Nous restons tous les trois à table, sans plus dire un mot. Les garçons virevoltent autour de nous, retirent les assiettes sauf la mienne à laquelle Robert s'agrippe des deux mains en grognant comme un bouledogue, brossent les miettes, versent le champagne.

Cinq minutes plus tard, Papa réapparaît, visage toujours aussi impénétrable et nous fait signe de le rejoindre.

Robert se saisit de l'assiette litigieuse.

— Non, non, tu peux la laisser ! Tout est réglé !

Nous retraversons la salle dans un silence plus glacé qu'une bombe.

Le perceur de cercueil est emporté manu militari.

La dame du vestiaire nous attend, capes sur le bras.

Le chef de rang est là, au garde-à-vous.

— Croyez bien que je regrette. Nous sommes vraiment catastrophés.

Nous descendons les marches en silence, et nous enfonçons dans la nuit bauloise parfumée de mille essences.

— Je ne sais plus où me mettre, soupire Malvina. Dire que c'est moi...

Papa la prend par le bras.

— Et maintenant, si nous allions prendre un bon dessert chez Manuel ?

Personne ne répond. Il n'y a plus d'appétence. On tourne le coin de l'avenue et là, brusquement, Papa s'arrête, s'assied dans l'herbe, se met sur le dos et commence à pédaler dans le vide en hurlant de rire.

Robert l'imite. Cela dure bien trois minutes. Malvina et moi en sommes figées d'horreur. Les voilà qui sont devenus fous. En même temps. Les huîtres ? Polluées ? Les bouquets ? Fanés ? Les palourdes ? Chargées ?

— Alors ? demande Robert quand il a enfin retrouvé son souffle. Alors ? Ça a marché ?

— Oui !

— On n'a rien payé ?

— Rien !

— Même pas le champagne ?

— Même pas !

— Même pas les homards ?

— Même pas !

Et Papa se relève, les yeux encore pleins de larmes. Met la main dans sa poche. En retire une enveloppe de plastique déchirée.

— Tiens Raph, si tu veux t'amuser à ton tour. Ils les vendent par trois ces conneries.

Dans la main, j'ai deux splendides vers de terre en caoutchouc made in Taïwan.

Le lendemain matin quand je me réveille, j'ai mon petit mal au ventre mensuel.

Je vais à la fenêtre, l'ouvre toute grande. Le parfum mêlé de l'herbe mouillée, des roses, des œillets envahit la chambre en même temps que le soleil. Il est tôt. L'avenue des Hirondelles, l'avenue des Fauvettes et celle des Lilas sont encore silencieuses. La maison également. Fox-Trot descend à regret de la couette et s'étire paresseusement. Tant de sérénité autour de moi. Comme dans ma tête.

Je pénètre dans la salle de bains, me lave les dents et, gloup, j'avale ma première pilule. Alea jacta. Peut-être pour rien. Mais je me suis réveillée, avec tournant dans ma tête la petite ritournelle de Sandrine : « Les vacances, Raph, ça vous transforme. Et un jour, tu rencontres un mec. Il est net, il est beau, il te plaît, il t'émeut, tu te sens bien près de lui et vous faites ça tout naturellement. »

Voilà. J'ai l'impression d'être arrivée, sans forcer, à l'étape décisive, celle des grands Cols, Mont de Vénus et Utérus.

A 11 heures, je pars rejoindre Thomas au Club de Voile. Lorsque j'arrive, il est déjà dans l'eau. A vingt mètres du bord. En train d'aider une fille, jolie, à remonter sur sa planche et c'est comme si l'on me plantait un couteau de cuisine entre les côtes, là où ça fait mal.

Jalouse ! Putain, me voilà devenue jalouse ! Je n'avais jamais vraiment testé auparavant mais ça déchire bien, ça c'est certain. Vous avez l'impression que votre cœur est complètement destroy et cherche par tous les moyens à remonter le long de votre œsophage, ce qui n'est pas vraiment le parcours fléché. Le cri des mouettes se met à ressembler à celui des vautours de la Cordillère des Andes et la petite bise rafraîchissante vous fait sans crier gare l'effet d'un foehn sibérien. Beurkh !

Je reste là, plantée dans le sable, à observer Thomas et la fille batifoler et chacun de leurs rires, de leurs plongeons dans l'eau bleue me transpercent le palpitant mieux qu'une dague achetée chez Othello Frères, route de Thiers.

Je fais demi-tour lorsque Thomas m'aperçoit. Du coup, il abandonne sa naïade accrochée à la planche, plonge dans les déferlantes et me rejoint tout essoufflé.

J'ai la haine.

— Raph ! Je ne t'avais pas vue !

— On s'en serait douté !

— Ouh là ! Qu'est-ce qu'il y a qui ne va pas ?

Il me demande ça comme Steph m'aurait dit : « T'as tes règles ou quoi ? » Et là, une fille intelligente baliserait, ferait comme si, sourirait, jouerait les indifférentes. Mais moi, je ne peux pas. J'ai trop mal, ça me brûle et je veux qu'il le sache. Alors j'agresse.

— Je ne voudrais surtout pas te déranger.

— Me déranger ?

— Continue, continue je t'en prie, ne te gêne surtout pas pour moi. Allez, tu devrais vite rejoindre ta sirène, elle risque de trouver le temps long.

— Ma sirène ? Mais Raph, tu es folle ou quoi ? C'est Véro, ma cousine.

— Ta cousine ?

— Oui. Ma cousine germaine. Elle est arrivée hier soir par le 19 heures 41.

J'ai l'impression qu'on vient enfin de soulever le dix tonnes qui s'était parqué sur mes poumons. L'oxygène circule à nouveau.

Thomas me dévisage en souriant, tendrement.

— Tu es... tu es jalouse, Raph ?

Je réponds par un hochement de tête silencieux. Je me sens plus con qu'un lézard ayant perdu sa queue, un marin sa boussole, un castrat sa bourse.

Thomas s'empare de ma main.

— Vas-y, paye-toi ma tronche, soupire-je.

— Je n'en ai pas envie, Raph. Je trouve cela joli, émouvant. Emouvant mais complètement idiot. Tu n'as aucune raison d'être jalouse. Tu sais, je... je suis un petit peu amoureux de toi, je crois.

Et boum ! il m'embrasse ! En-fin ! Là, sur la plage. Devant les baigneurs. Et les baigneuses. Et c'est bon. Ses lèvres sont douces. Douces et salées par les embruns. J'entends des cloches.

Normal, il est midi !

Véro vient nous rejoindre après avoir traîné sa planche jusqu'au sable sec. Elle est jolie. Notre âge. Un corps gracile. Jambes longues, pas beaucoup de poitrine. Des cheveux noirs, longs, raides qui tombent sur ses épaules. Thomas me présente. Ah oui ! elle dit. On se sourit, on s'embrasse.

Pourtant, il y a quelque chose qui me gêne et que je n'arrive pas... Voilà, ça y est !

— Vous avez bien eu la même arrière-grand-mère tous les deux ?

— Ben, évidemment.

— Alors... pourquoi ?

— Alors pourquoi je n'ai pas la peau cuivrée

comme mon cousin ? me demande Véro en riant. Ça, je n'en sais rien, mais crois-moi, ça me fout assez en pétard. Ça m'aurait été beaucoup plus utile qu'à lui, ce gadget.

— Mais tu es ravissante, je proteste.

— Mouais, elle fait.

A mon avis, pour elle, les soucis ne dureront pas très longtemps. Dès que la bande pointera son nez, elle trouvera des rassureurs. Le haut de gamme reste rarement sur le sable.

France est la première à rejoindre notre trio. Ça y est, nous annonce-t-elle, nous avons officiellement rompu Didier et moi. Je l'ai traité publiquement de maquereau-maître chanteur et, dans la foulée, je lui ai signifié son congé. Sans solde.

On se prépare à la consoler, lui remonter le ral-mo mais ce n'est pas la peine, nous rassure-t-elle. Elle a déjà sélectionné le candidat suivant. Nicolas, le fils du pharmacien, vous savez, dans la rue principale. Très mignon mais malheureusement un peu jeune. Seulement, il a une Mob et, comme il est du coin, il a ses entrées au Manhattan.

Quant à Didier, d'après les renseignements que possède France, il se serait d'ores et déjà greffé lui aussi sur une dénommée Martine, une petite rousse délurée, originaire d'Oyonnax et descendue à l'hôtel Christina avec ses parents et Sylvie, sa sœur jumelle.

On n'a pas fini de se marrer, rajoute France en riant, parce qu'elles se ressemblent comme deux gouttes d'eau et, comme Didier est hyper-miro, je ne lui donne pas longtemps avant d'aller à la faute. Et comme le Jules de la sœurette fait 1,80 m !

Le pronostic de France se révélera exact : le soir même, à la villa, Didier nous annoncera qu'il laisse tomber les jumelles. Après avoir été giflé par Martine pour avoir voulu embrasser Sylvie, par Sylvie pour avoir voulu l'embrasser et par le Jules de Sylvie qui n'a pas voulu croire un seul instant cette histoire de 7/10e à l'œil droit !

Mais, nous rassurera Didier, je suis désormais sur un coup sensass, une British, Maggie, comme Thatcher. Et les British, c'est bien connu, ça couche.

Féfé et Jean-Marie débarquent peu après. Comme prévu, ils tombent en arrêt devant Véro. Heureusement, leurs méthodes du début — « Tu couches ou tu couches pas ? » — se sont peaufinées suite aux bides ramassés à la pelle et c'est en vrais gentlemen qu'ils entreprennent leur cour auprès de Véro. Apparemment, ils ont choisi de faire rire et se montrent hyperbrillants sur le sujet du jour : l'idylle naissante entre Charlotte et Michel. Une affaire qui roule. D'ailleurs, ils ne sont pas là. N'est-ce point la meilleure preuve ?

Nous ne les verrons pas de la journée. Ils nous rejoindront le soir, directement à la villa. Tout comme Jérôme qui arrivera juste après que j'aie fait la paix avec Charlotte.

Elle est amoureuse de Michel, elle m'abandonne définitivement Thomas et on enterre la hache de guerre. D'accord ?

Ugh !

Nous sommes donc tous là, réunis dans le jardin, à siroter un jus de pêche lorsque nous percevons les premiers bruits. On jurerait un train à vapeur qui fonce dans la nuit. Ou un fantôme qui traîne ses chaînes. Ou un sommier qui grince.

Nous n'avons pas le temps de nous interroger plus avant que les premiers râles surviennent. C'est une voix de femme. Elle a l'air très malheureuse. Ou le contraire.

— Aïe !... Aaaah, aaaah, c'est fou !... Oh, oh, oh ! Je vais venir... je vais venir... je sens que je viens !

Papa semble terriblement gêné. Il s'y prend à trois fois avant de parvenir à rallumer son mégot de havane. Là-haut, les bruits reprennent de plus en plus fort. Pas de doute. C'est un sommier qui grince, craque, geint et ploie.

— Ahah ! reprend la voix féminine. C'est comme si je voyais Saint-Pétersbourg dans les flammes ! Aaah, aaah, j'entends la cavalerie mongole et j'aperçois le Tzar de toutes les Russies ! Aaaah, je jouiiiis !

— C'est Tonton, explique Papa en montrant la fenêtre de leur chambre commune.

Pliés sur nos chaises pliables, nous hurlons de rire en silence, par mimiques et étouffements, pour ne surtout pas troubler la magie de l'instant.

D'autant que, maintenant, c'est Robert qui donne de la voix.

— J'arrive ! J'arrive, ma Tzarine endiablée ! Tagada, tagada, voilà les Dalton ! Tagada, tagada, voilà le Tonton ! Aaaaaah !

Le tangage ralentit, puis cesse.

Les oiseaux se remettent à pépier dans la vigne vierge. Circulez, y a plus rien à voir !

Debout sur nos sièges, nous applaudissons à tout rompre. Même Horowitz à Carnegie Hall n'a jamais fait pareil tabac. Rô-Rô apparaît à la croisée de la fenêtre, nu comme Dieu le fit, une main pudiquement placée devant le corpus delicti. De l'autre, il nous fait en souriant le V de la victoire.

— Papa, j'interroge affolée, ce n'est quand même pas avec Malvina ?

— Non, non ! Malvina m'a téléphoné qu'elle serait un peu en retard.

Ouf !

Mais alors, si ce n'est Malvina, qui que c'est-y donc ?

— Une auto-stoppeuse, nous renseigne le père.

Ils l'ont ramassée en revenant du Country où ils ont fait une nouvelle fois la peau à l'épouse Larivet. Il paraît qu'elle est superbe. Une Russe blanche. Petite-fille d'un prince de Novgorod reconverti dans la conduite des G-7. Tonton est encore bon sur les coups, continue Papa, visiblement pas peu fier de son pote. Dix minutes à peine après que nous fûmes arrivés à la villa, nous explique-t-il, Robert avait déjà entraîné sa victime dans la chambre du haut. C'est une infirmière, il paraît. Elle vient de rompre avec son mec, Rô-Rô a surgi au bon moment d'accord mais quand même il a le truc pour faire vaciller les minettes.

— Et elle va rester là ? je demande.

— Oh ! c'est vraisemblable, tu connais Tonton. Et, apparemment, la rencontre au sommet a été

plus prometteuse que celle de Reagan et Gorbatchev à Genève.
— Mais Papa, si elle reste là, où vas-tu dormir ?
— Ah oui, bonne question.
— Je te prête ma chambre Alexandre, annonce Didier magnanime. Le lit est un peu petit mais au moins le sommier ne grince pas !
Dix minutes plus tard, juste après que Malvina nous ait rejoints, Robert fait son apparition et nous présente Hélène. Hélène Tchakekrolski. Punaise ! Des infirmières comme celle-là, on n'en rencontre que dans les romans de Slaughter. Elle est carrément sublime. Vingt-deux ans et toutes ses dents. Infirmière à Lariboisière au service réanimation. Pas de doute ! Elle doit les ranimer. Ou les aider à passer !
Marrant, mais on ne peut l'imaginer autrement que nue sous sa blouse. Avec des jarretelles, peut-être ? Cette fille, c'est un appel au meurtre, un délit sexuel sur pattes, une vente aux enchères dans les Emirats du Koweit, un viol au-dessus d'un nid de cocus !
Féfé, Michel, Jean-Marie, Didier la matent, langue pendante, comme les loups dans un Tex Avery.
Jérôme affiche son air dégagé, comme à l'accoutumée.
Papa fait comme si mais il est évident que s'il n'aimait pas Isabelle comme il l'aime, il aurait déjà poussé Rô-Rô sous les roues d'un tracteur après lui avoir fait biberonner un tonneau de cyanure nouveau.
Je regarde Thomas. Il me sourit.
— Elle est belle, hein ?
— Oui, je dis.
— Espérons au moins qu'elle est con, murmure Féfé qui a toujours eu le sens de la justice.

Mais Hélène Tchakekrolski n'a même pas l'air con.

— J'espère que nous ne vous avons pas fait trop attendre, susurre Robert un brin rouleur.

Mais non, pas du tout, pas du tout.

Et l'on passe à table, tous encore un peu troublés par les cris de la Tzarine et l'arrivée tagada tagada des Dalton, tontaine et Tonton.

Après le dîner, nous décidons de nous attaquer sans plus tarder à l'ordre du jour. S'étant nommé Président de séance, Papa se lève et, fourchette contre verre à pied en cristal, obtient le silence. J'ai l'impression qu'il a un peu forcé sur l'Armagnac 1911 que Malvina a gentiment remonté de la cave.

— Ladies and gentlemen, dit Papa, si j'ai bien compris, l'Eure-et-Loir, euh, je veux dire, ah, ah, ah, l'heure est grave.

Wouaff, wouaff, l'assemblée s'esclaffe et le père est content.

— Raph me dit que vous n'avez plus beaucoup d'argent ?

— On est raide ! On est raide, Papa !

— Qui s'est permis de m'appeler Papa ?

— C'est moi, Papa, dit Féfé.

— Mais pourquoi ?

— Parce qu'on vous aime Papa ! Depuis le premier jour !

Le père se rengorge. Flatté. Rouleur.

— Alors ainsi, vous souhaiteriez m'appeler Papa ?

— Oui, oui ! on aimerait bien, renchérit Jean-Marie. Mais encore faudrait-il que Raph soit d'accord ?

— Tu es d'accord, Raph ? me demande le père.

Je fais signe que oui.

— Super ! Tout le monde est donc OK ? demande Papa.

— Non ! Pas moi !

C'est Thomas. Calme. Souriant. Déterminé.

— Ah bon ? dit Papa, vexé. Je pue peut-être ?

— Non, non monsieur, pas du tout. Mais je n'y tiens pas, c'est tout.

Y a comme une surtension. Ils ne vont quand même pas se faire la guerre, ces deux idiots. Ils s'affrontent du regard sans dire un mot de plus.

Heureusement, Michel fait diversion.

— Il y a autre chose aussi. Nous aimerions bien appeler Robert, Tonton.

— Je suis d'accord ! affirme Tonton, plus souriant que Denise Fabre un soir d'Eurovision.

Ovations. Acclamations.

Mais Papa n'a pas digéré. Je le sens agressif.

— Vous pourriez quand même peut-être nous expliquer, non ? Où sont vos parents à vous tous ? Pourquoi êtes-vous seuls ici ?

— Parce qu'on se fait chier avec nos vieux !

— Parce qu'ils nous enquiquinent !

— Parce qu'on les emmerde et qu'ils préfèrent être seuls !

— Et nous aussi !

Chacun s'explique dans les rires. Que c'est d'un commun accord qu'ils sont tous venus à La Baule où les parents de Jérôme avaient accepté de servir de nounous.

Sans doute, parce qu'ils savaient déjà qu'on ne les y verrait pas.

— Tes parents ne vont pas venir, Jérôme ? demande Papa.

— Oh maintenant, ça m'étonnerait ! Ils suivent un Brueghel à la trace à travers toute l'Europe. Ils m'ont appelé ce matin de Genève et ils partaient pour Monte-Carlo. Mais tout va bien, ils m'envoient 1 000 F.

— Ah ça, c'est super ! intervient Rô-Rô. Tu peux nous en prêter la moitié ?

— Ça va pas Tonton ! proteste Féfé indigné. Depuis trois jours, on est à la Panzani, y a presque plus de dentifrice et on va aux gogues avec des feuilles de palmier !

— Je vois, dit Papa. Il faut donc vraiment que nous trouvions une idée pour nous renflouer tous.

Et ça commence. En un premier tour de table, chacun est invité à y aller de sa suggestion. Tout y passe.

Baby-sitter. Toiletteur de caniches. Plongeur. A la pizzeria, ou de combat ; au choix. Nettoyeur de chiures de mouettes sur les toits en ardoise pas trop en pente. Répétiteur anglais et maths. Ouvreur d'huîtres. Fermeur de ban. Fabricant de sabots. Démouleur de galettes. Maître queux. Vendeur d'encyclopédies. Brocanteur. Dresseur de chats. Vendangeur. Vidangeur. Filateur en tous genres.

— On pourrait rempailler des chaises ? suggère Jean-Marie.

— Ou enfiler des perles !

— Ou laver les pare-brise aux feux de la place de la Victoire ?

— Ou bien, tout simplement, apprendre aux gens à nager, propose Michel.

— Ouais, ça c'est pas con comme idée, relance Féfé. Comme ça, sous l'eau, on pourrait toucher les doudounes des grosses.

Tout dans la délicatesse.

— Ah oui ? dit Tonton. Et si c'est un beauf' de 50 balais qui veut apprendre à affronter les rouleaux ?

— On le noie !

Tout le monde se marre. Sauf Papa. Qui concentre se.

— Attendez... attendez, je crois que je tiens le bout d'une idée.

On fait silence instantané. Une idée, c'est timide. Et rare. Faut surtout pas qu'un tintamarre la fasse fuir.

Papa nous sourit. Il a réussi à la coincer.

— Bien. Nous allons, si vous le voulez bien, procéder à un petit sondage d'opinion intra muros. A bulletin secret. Histoire de vérifier si mon idée est bonne ou complètement toc.

Papa se lève, part chercher un bloc et des stylos. Il nous distribue une feuille à chacun.

— Voilà, mais attention, c'est très sérieux. Je vais vous poser une question, une seule. Vous aurez trente secondes pour y répondre, par un, deux ou trois mots maximum. Je vous rappelle que vous serez protégés par l'anonymat du vote. Mais le sondage ne peut se dérouler que dans un silence absolu. Total. Il ne doit pas y avoir la moindre communication entre vous. Votre réponse devra être réfléchie et personnelle. Si vous n'acceptez pas cette règle, ce n'est même pas la peine de vous sonder. OK ? Pas de questions ?

Non, non, tout le monde il a compris. Et tout le monde il est mystifié. Drucker passerait en ce moment à la télé, il ferait zéro à l'Audimat.

— Alors, voici la question, reprend Papa, solennel. Robert, bien entendu, tu ne participes pas, c'est une question qui concerne la jeunesse. Tu ramasseras les copies.

Robert n'apprécie pas mais il se tait. Il sent que Papa est en pleine création et il sait ô combien ! que la création ne vous rend pas forcément visite tous les jours.

— Dans le plus grand silence, hein, nous sommes

bien d'accord ?... Et une réponse très brève, pas de discours. Alors, voici la question : « Quelle est en cette période de vacances votre sujet de préoccupation numéro un ? » Chut ! Chut ! Aucun commentaire. Allez, allez-y, top chrono !

Jamais, jamais dans tout l'hexagone, professeur n'aura connu classe aussi studieuse. On n'entend que le bruit des cerveaux qui planchent et des stylos qui grattent.

Au bout d'une minute, Papa et Rô-Rô ramassent les copies.

— Tu greffes ? demande Papa à Tonton et il commence à dépouiller.

L'amour !

Le sexe !

La fesse !

L'amour !

La zygounette !

Un bulletin blanc !

L'amour !

L'amour !

Les déviations sexuelles !

Le cul !

Le pognon !

L'amour !

Le sexe !

Hilare, Papa repose les bulletins. Une ovation le salue. On ne sait toujours pas où il veut en venir mais le résultat doit bien prouver quelque chose. C'est pas un sondage, c'est une élection démocratique en Albanie !

Robert recompte les bulletins.

— Incident de vote, Votre Honneur !

— Comment cela ? dit Papa contrarié.

— J'ai treize bulletins. Et il n'y a que douze votants que je sache. Allez, comptez-vous !

On se compte. Chez les filles : France, Charlotte,

Malvina, Véro, Hélène et moi. Six. Chez les garçons : Thomas, Michel, Didier, Jean-Marie, Féfé, Jérôme. Six. Six et six : douze.

— Quelqu'un a voté deux fois ! tonne Robert.

— Ça ne remet pas le résultat du vote en jeu, dit Papa pas content.

— Non bien sûr, mais ce n'est pas bien. Je veux connaître le nom du larron. Qu'il se dénonce !

Long silence. Puis Féfé, l'air faussement coupable :

— C'est moi, Tonton !

— Et pourquoi ?

— Pour le pied, Tonton !

— Bien, tu feras la vaisselle tout seul ce soir. Et, en attendant, tu vas annuler un de tes deux bulletins. Lequel je déchire ?

Féfé réfléchit.

— Ben, annulez le pognon !

Rô-Rô déchire le pognon. Ne reste donc plus que le sexe.

Je regarde Thomas. Qu'a-t-il inscrit sur sa feuille ? Une grossièreté ? Rien du tout ? Ou, comme moi, l'amour ?

— Bien, l'affaire étant classée, reprend Robert, il serait peut-être temps que tu nous expliques, Alexandre, à quoi a rimé toute cette mise en scène ?

— C'est que maintenant je suis très fatigué, geint Papa qui, comme le Sâr Rabindranath Duval, a envie de se faire prier.

Il y réussit. Concert d'imprécations-supplications. Papa boit du petit-lait. Puis passe aux aveux.

— Bien, bien. Si nous considérons que sur une douzaine de votants, la même réponse nous est arrivée douze fois, fût-elle modulée de diverses façons, il me semble pouvoir en conclure que...

Et Papa nous expose son idée.

Pas de doute, il est génial, cet homme.

Le lendemain, à 13 heures, devant une pile de pizzas achetées à deux pas du marché, l'on se remet tous au travail. Papa, Rô-Rô et Hélène entament la rédaction des fiches. L'expérience d'infirmière d'Hélène va leur être d'un grand secours même si Robert a fait trois ans d'études médicales avant de virer journaleux. Par ailleurs et toujours grâce à elle, ils pourront éventuellement aller emprunter quelques bouquins techniques à l'hôpital de Saint-Nazaire où elle donna naguère quelque bonheur à l'un des bibliothécaires.

Les autres, nous quoi, devront se répartir en différentes commissions : promotion de l'événement, aménagement du site, service d'ordre, intendance et suivi du dossier. Car, dans la nuit, tout le monde a cogité et l'idée du père est devenue une grande affaire. Le concert de Bruce Springsteen à la Courneuve, à côté, c'est de la bibine.

Au bout d'une heure et comme ça part vraiment dans tous les sens, Papa décrète la réunion d'une Assemblée Générale Extraordinaire dont il se nomme aussitôt Président à vie.

— Bien, je résume. La date est fixée. Ce sera dans huit jours, mercredi prochain, à 15 heures pile. Nous devons donc très vite entreprendre la promotion du show. Notre arme souveraine : la bouche à oreille. Nous n'avons ni le temps ni les moyens de faire de l'affichage ou de prendre des placards de presse. Par contre, j'ai téléphoné cette nuit à Gambado à Paris. Il a dû nous tirer ce matin même sur la photocopieuse de son canard 2 000 tracts qu'il nous envoie par express. Nous les aurons demain, je pense. En attendant et dès ce soir, il nous faut répandre la rumeur. Vous vous partagerez donc les différentes cibles : boîtes, plages, snacks, clubs sportifs. En couvrant La Baule, Le Pouliguen, Pornichet. Attention, vous ne vous adressez qu'aux jeunes et vous précisez bien à chaque fois que les adultes ne seront pas admis. Bien. Des questions ?

Oui. Féfé.

— Où installera-t-on le podium ?

— Là où nous nous trouvons en ce moment. On dressera la table avec une nappe, blanche. Des fleurs et des carafes. Et les micros, bien sûr. Trois. Quant au public, il s'assiera juste devant. Dans l'herbe. On doit bien pouvoir y faire tenir cent ou cent cinquante mômes. Peut-être même beaucoup plus mais ne rêvons pas.

— A combien mettons-nous le prix des places ? demande Michel.

— A mon avis, il ne faut pas dépasser 30 F, suggère Jean-Marie.

Tollé général. C'est trop cher. Si nous sommes fauchés, les autres doivent bien l'être aussi.

— J'ai plein de copains qui viendront à 20 balles mais pas à plus, renchérit Didier.

— 20 balles, cela me paraît bien, tranche le père.

— Cent spectateurs à 20 F, vous n'irez pas loin, laisse tomber Thomas un peu ironique.

— Eh bien, y a qu'à tout abandonner ! riposte Papa glacial, le poil hérissé.

— Non monsieur, il ne faut pas. Mais on peut doubler ou tripler la mise.

— Ah oui ! Et comment cela ? Avec une baguette magique ? Ou un totem ?

— Non monsieur. En faisant de la limonade. Sandwichs, coca, esquimaux.

Génial ! Thomas fait un triomphe ! Je lui fais un bisou dans le cou et le vois déjà à l'ENA. Papa se décide à approuver du bout des lèvres. Robert est plus chaleureux :

— Excellente idée, mon garçon ! Mais attention hein, surtout pas d'alcool. Il faut que ce soit net, éducatif et tout.

— Même pas de bière ? tente Féfé.

— Même pas de bière !

— On pourrait faire des merguez, suggère Jean-Marie.

— Pas question, ça pue ! tranche Papa. Mais des sandwichs, oui, sans problème. Bien, bien. Nous commençons donc à y voir plus clair. Je propose que les filles prennent en main les problèmes d'intendance tandis que les garçons se chargent de faire le tam-tam.

— Sexiste comme suggestion, je râle.

— Et pas efficace, appuie Hélène. Pour convaincre les filles de venir à la réunion, il faut que ce soit des filles qui leur en parlent. Avec des garçons, elles ne viendront jamais.

Le père s'incline.

— Et avec quel argent va-t-on acheter toute la bouffe et les boissons ? Et louer les micros et la sono ?

— Pas besoin de liquide, annonce Malvina triomphante. J'ai fait ce matin la tournée de tous les commerçants chez qui nous nous approvisionnons d'habitude, ils sont tous d'accord pour me faire crédit !

— Ouais ! Génial !

A cet instant précis, je surprends Papa et Rô-Rô

en train de se consulter du regard. Pas de doute, les rois de la bulle viennent d'avoir la même idée à la même seconde : est-il encore vraiment nécessaire de se détroncher si les lignes de crédit ont été rétablies ?

Mais l'idée déjà ne leur appartient plus.

On n'arrête pas Ariane après la mise à feu des moteurs.

Et puis anyway, leur idée est suffisamment folle pour qu'ils soient accrochés eux aussi.

A 16 h 30, Gambado appelle de Paris pour dire qu'il a fait porter les tracts au Bourget par motard de presse. Ils sont à bord d'un avion privé qui devrait atterrir à Escoublac aux environs de 18 heures.

Deux heures plus tard, Robert les rapporte de l'aérodrome. C'est un énorme paquet de papier kraft. On forme le cercle autour de lui pendant qu'il déballe comme si sa vie en dépendait. Il en prend une poignée, nous en donne un à chacun et le silence tombe sur le jardin tandis que nous découvrons les merveilles.

Mercredi 22 juillet, à 15 heures

Dans les jardins de la Villa « Harold et Jôse »
12, allée des Crevettes Roses
à La Baule (Loire-Atlantique)

GRANDE UNIVERSITÉ D'ÉTÉ DE LA SEXUALITÉ

(Réservée aux adolescents de 12 à 19 ans)
adultes interdits

Les très fameux sexologues Alexandre et Robert
assistés de Miss Hélène (des Hôpitaux de Paris)
répondront à toutes

VOS QUESTIONS

(même les plus saugrenues)
sur

LE MONDE ÉTRANGE ET FASCINANT DU SEXE

Réservations sur place et auprès de nos équipes ambulantes

Dans le jardin, c'est le délire. On s'embrasse. On se congratule. On rit. On danse.

Papa et Rô-Rô auraient sauvé à eux seuls trois cents Japonais en train de se noyer dans un bateau-mouche emballé par Christo, ils seraient moins fiers.

— Ton père, y a pas, c'est vraiment quelqu'un ! me dit Thomas à l'oreille.

Et il part s'incliner devant le père.

Qui, ému, lui ébouriffe les cheveux.

Alléluiah ! Les hommes pactisent enfin. Je me sens aussi rassérénée que Don Corléone se faisant baiser l'anneau par ses maffiosi repentis.

Au bout d'un quart d'heure, l'enthousiasme se calme enfin.

— Il faut juste rajouter le prix des places, observe Papa en reposant l'un des tracts.

— C'est moi qui le fais ! C'est moi qui le fais ! crie Didier. J'ai un feutre rouge tout neuf !

— D'accord, mais il vaut mieux l'inscrire en noir, suggère Jérôme. Ce sera plus sobre. Par contre, en rouge et en diagonale, nous pourrons rajouter : sandwichs et boissons fraîches.

On part chercher des stylos, des feutres et l'on sépare le paquet en plusieurs piles égales.

Personne n'a remarqué l'éclipse discrète d'Hélène et Rô-Rô.

Mais très vite, ils vont se rappeler à notre bon souvenir.

Là-haut, c'est de nouveau Hiroshima, Saint-Pétersbourg dans les flammes et l'arrivée des Dalton. On jurerait Le Radeau de la Méduse attaqué par les Dents de la Mer !

— Merde et remerde ! crie soudain Didier en

arrêtant d'écrire. Avec leur cirque là-haut, j'ai mis un zéro de trop partout ! Ça fait les places à 200 balles !

— C'est un peu cher ! rit Papa. Quoique s'ils font un show comme celui-là, ça les vaut facile !

On décide néanmoins de remettre les places à 20 F et, en tirant la langue, Didier barre ses zéros de trop.

Qui a pu dire qu'on s'ennuyait pendant les vacances ?

Les journées qui suivent notre réunion de travail se déroulent à un rythme d'enfer. Dès l'aube, par équipes volantes de deux ou trois, nous investissons tous les points névralgiques de la Côte d'Amour. Sans jamais rester longtemps à la même place. Juste le temps de donner quelques tracts et quelques explications et puis nous nous volatilisons. Et partout, les mômes nous réservent le même accueil enthousiaste. La rumeur se propage à toute allure sans presque jamais atteindre les oreilles parentales. C'est devenu carrément le jeu à la mode dans tout le coin. Faut être au courant sinon on est plouc. Et faut surtout pas en parler aux vieux sinon on est collabo.

Par ailleurs et mine de rien, au fil de nos opérations commando, la Carte du Tendre commence de préciser ses contours.

Charlotte et... Jean-Marie ! Michel et... Véro ! La transaction s'est faite tout naturellement, sans violence. Michel a craqué pour Véro dès qu'il l'a aperçue. Apparemment, l'attirance était réciproque. Du coup, Charlotte a fait savoir à Jean-Marie qui était sur le qui-vive que son petit cœur était à nouveau sur le marché. Jean-Marie a fait l'investissement.

France et... Didier ! Le vieux ménage a repris ses habitudes, mais France a été claire : pas question de coucher c'est sale et on n'est pas mûr. D'accord, a répondu Didier qui s'était fait larguer par sa Maggie.

Féfé et... Malvina ! Oui, Malvina a envoyé paître son bellâtre de Claude-Jacques et a longuement expliqué à Féfé, je le sais j'y étais, que lui seul allait parvenir à la stabiliser, qu'elle en avait marre de coucher à droite et à gauche et qu'elle s'était sentie attirée par lui dès le premier jour. Féfé a tout gobé ; c'est une affaire qui roule. Après la mère, la fille ? On ne proteste pas. Ce n'est pas de l'inceste, c'est du stakhanovisme.

Thomas et moi, évidemment. Plein de petits cœurs.

Seul, Jérôme n'a pas encore trouvé l'âme sœur.

Du moins, est-ce ce que nous croyons tous.

Jusqu'à ce jour où Thomas et moi descendons du car qui vient de nous emmener en mission au Croisic. Nous devons distribuer des tracts — Gambado nous en a réexpédié 2000 ! — à l'entrée de l'Aquarium sur le port.

— Tu as vu ? me demande soudain Thomas.

— Non, quoi ?

— Rien... rien.

Thomas a l'air terriblement troublé.

— Qu'est-ce qui se passe, Thomas ?

— Rien, je te dis.

— Qu'est-ce que je devais voir ?

— Rien. Laisse tomber, Raph.

Je décide de bouder. Nous distribuons nos papiers en silence.

Vingt minutes plus tard, Jérôme vient nous rejoindre et nous aide à terminer la pile.

— On marche ? propose-t-il quand le stock s'est envolé.

— On marche, répond Thomas.

— Alors ?... Vous avez vu ?

Ça recommence, ma parole !

— Raph n'a rien vu, moi j'ai vu.

Jérôme est pâle, défait. Ses mains tremblent. On le dirait au bord des larmes.

— Tu n'as rien besoin de dire, Jérôme, murmure Thomas. Tout est cool, tu sais.

— Non Thomas, justement, il faut que j'en parle. Ce truc m'étouffe complètement. Je suis navré que cela tombe sur vous mais peut-être n'est-ce pas plus mal ainsi. Même si nous ne nous connaissons pas tellement, j'ai l'impression que nous sommes amis. Amis plus que copains.

— Ouh là les mecs ! Si je dérange, je peux toujours aller faire un tour en barque, râle-je.

— Non, non Raph, reste. Ce laïus était aussi pour toi.

Et ne voilà-t-y pas que les deux me prennent par la main. Bigamie ? Partouze ?

Le ciel ne s'y prête pas. Il est gris, comme en colère. Ou en chagrin. Et ça pue le mazout et le poisson mort. Ambiance glauque. J'ai l'impression de regarder un film hongrois sans les sous-titres.

Ils vont venir.

— Je ne sais vraiment pas par où commencer, attaque Jérôme.

— Par le début, lui suggère Thomas.

— Le début ? Mais il est où Thomas le début ? Dans le ventre de ma mère qui rêvait d'avoir une fille lorsqu'elle me portait ? Dans le fait que je n'ai jamais aimé jouer à la guerre ou me bagarrer dans la cour de l'école ? Dans la personnalité trop écrasante de mon père qui m'a toujours pris pour une poule mouillée ? Est-ce dans mes glandes, dans mes hormones, dans mes couilles ? Je n'en sais rien ! Ce que je sais, c'est que je suis pédé !

Là, Berlusconi, il coupe et il met une pub.

— Tu débloques ? je dis.

Bon, d'accord, c'est pas génial comme repartie mais je suis un peu secouée. Jérôme pédé ? Les bras m'en tombent. Quoique, à la réflexion, il m'est arrivé de m'étonner devant son peu d'empressement à draguer. Mais de là à penser, non vraiment pas.

— Je ne sais pas si je débloque, me répond Jérôme tandis que nous nous asseyons face à la jetée mais les filles, pardonne-moi Raph, ne m'ont jamais vraiment branché. J'ai toujours fait semblant. Pour être dans le coup, faire partie de la bande, ne pas être largué. Et puis, parce que les pulsions que je sentais en moi m'effrayaient.

— Tu sais, Jérôme, dit Thomas, être homo c'est pas une maladie.

— Oui, maintenant je le sais. Parce que...

— Parce que quoi ?

— Eh bien, euh, je suis amoureux !

— Ben alors, tout va bien ! je souris soulagée.

— Je suis amoureux d'un homme, Raph !

Un chalutier rentre dans le port en ahanant. Il s'appelle « Au Bonheur des Lames ». Je rends son bonjour à un matelot qui me salue. C'est toujours plus facile que d'affronter le regard d'un copain qui passe à de difficiles aveux.

— Mon pauvre vieux ! soupire Thomas.

— Je ne veux pas être plaint ! Je suis comme vous, j'ai envie d'être heureux. Et tant pis si c'est avec un mec !

— Tu as raison, Jérôme. Ce n'est pas ce que je voulais dire mais tu sais c'est quand même un peu surprenant comme nouvelle. Quand tout à l'heure, en descendant de l'autocar, je t'ai vu en train d'embrasser ce type, j'ai cru que j'avais bu trop de coca.

C'était donc ça !

— Oui, je comprends, sourit Jérôme. Mais peut-être que dans la bande vous n'êtes finalement pas très observateurs parce qu'il paraît que j'ai des traits un peu féminins.

— Oh, ça ne veut plus rien dire aujourd'hui, j'interviens. Regarde les pédés, euh je veux dire, les homosexuels américains, ils portent des moustaches et du cuir. Alors ?... Aujourd'hui, faut vraiment ouvrir l'œil et le bon pour ne pas se tromper d'article !

On rigole. Moins oppressés.

— Et, euh, on le connaît ?

J'ai failli rajouter l'heureu-zélu.

— Non. Je l'ai rencontré hier au tennis pendant que je promotionnais. C'est un Bordelais. Il est chirurgien-dentiste. Il a vingt-cinq ans. Et...

— Et ?

— Et il est beau !

Un silence. Nous sommes un peu gênés tous les trois. Et en même temps émus. Comme si nous venions de comprendre que notre amitié ne varierait pas d'un iota pour autant. Bon, Jérôme est péd. Et après ?

— C'est ridicule ce que je viens de dire, non ? Vous devez penser que je parle comme une vraie nana ?

— Non, répond Thomas. Et puis merde après tout, t'as pas choisi, hein ? Ça aurait pu aussi bien tomber sur Féfé, Michel ou moi.

Heureusement non.

— Je vous remercie tous les deux. Mais les autres ? Que vont-ils dire ?

Ah ça ! Bonne question madame Michu. Les pensionnaires du « Baisodrome » ne font pas particulièrement dans la dentelle. Thomas réfléchit.

— Ben, si tu veux, on va leur en parler. Le temps

de leur laisser sortir leurs éventuelles lourdeurs et puis quand tu arriveras ils te feront la fête.

— Vous croyez ?

— Bien sûr.

On dit ça mais on n'aimerait pas en mettre notre main au feu.

— Je ne sais pas si je vais oser revenir dormir à la maison, murmure Jérôme.

— Mais enfin, t'es chez toi, je dis. La propriété c'est sacré, non ?

— De toute façon ce soir, je reste avec lui. Il s'en va demain. Alors, d'ici là.

Un coin de ciel gris s'est déchiré. Le soleil déclinant pointe le bout de son nez. La mer, discrète, songe à se retirer. Petites flaques, premières crevettes, filets achetés au bazar. Là-bas à l'ouest, la mer est orange. Les Amerloques ont encore quelques heures de sommeil devant eux.

— Et... il s'appelle comment ?

— Gilles.

— C'est un joli prénom.

Jérôme sourit.

— Et ?... Enfin, je ne voudrais pas être indiscret, demande Thomas mais vous avez... euh, enfin, tu es vraiment sûr que tu l'es ?

— Oui.

— Ah bon.

Un silence.

— T'en fais pas vieux ! Je n'essayerai pas de te convertir !

On éclate de rire et l'on s'embrasse. Jérôme nous quitte.

— Tu es sûr que tu ne veux pas venir ce soir ? je demande.

— Non, non. Je t'appellerai demain, Raph, et tu me diras comment ils ont accueilli la nou-

Des nouvelles de Steph. Il est enfin arrivé à Los Angeles. Depuis trois jours. Le premier soir, avec son copain, ils sont allés dormir au Tropicana Motel. Mais il n'y avait ni Bette Midler ni Ricky Lee. Le lendemain vers 10 heures, ils sont allés prendre leur breakfast chez Schwab's, au coin de Sunset et de Laurel Canyon et une heure plus tard ils s'étaient dégoté chacun leur nana. D'ailleurs, il m'appelle du bord de la piscine de chez la sienne à Beverly Hills. Tatum, elle se nomme. Comme O'Neal d'après moi. Comme Art, d'après Papa. Une Californienne super, m'explique Steph. Vingt-deux ans, blonde, carrossée comme une Chrysler, bourrée comme un petit Lu dès 9 heures du matin, psychopathe à ne savoir qu'en faire et accessoirement héritière de la chaîne des super-markets Klactoveedsedstene.

Steph est nourri, logé, blanchi. Tatum ne lui demande rien en contrepartie. Sauf de la sauter, au son des disques d'Iglesias qu'elle croit qu'il est français !

— Tu m' connais Raph, rigole Steph. Je suis un tendre, incapable de dire non.

— Ouais, c'est comme moi.

Tiens ! Du coup, y a comme un blanc sur le câble.

— Eh la sœur, t'es en plaisanterie là, je présume ?

— Mais oui, mais oui.

Steph ne rigole plus que d'une lèvre. Ça s'entend.

— J'espère que...

— Espère pépère, espère pépère !

Pas pourquoi mais je me sens toute jouasse. D'abord, le plaisir d'entendre le frère. Mais aussi, celui de pouvoir lui balancer des horreurs sans qu'il ait la possibilité de me lyncher dans la seconde qui suit. Alors, j'en rajoute une pincée.

— Ah ! à propos Steph, je suis amoureuse !

— Bon, ben c'est de ton âge mais tu ne débloques pas, c'est tout. Et tu ne fais rien sans mon visa. C'est quoi au juste ce mec ?

— Il est super ! Je l'aime !

— D'accord, d'accord ! C'est épatant comme signalement. Qui c'est ? Je le connais ?

Je me prépare à dire que non bien sûr lorsque j'ai le flash. Evident qu'il doit le connaître Thomas, Steph. La Communale de la rue Fondary, il y est passé lui aussi.

— Ouais, je dis, c'est Thomas.

— Thomas ? Thomas ? Thomas quoi ? Tomato Ketchup ? Thomas d'Aquin ? Toma trrrompé ? Tomahawk ?

— Exactement !

— Quoi exactement ?

— Tomahawk !

Deuxième blanc sur le câble. Ah ! ça gamberge sec dans Cold Water Canyon.

Et brusquement, là-bas, sur les bords du Pacifique, y a illumination.

— Quoi ! C'est pas possible ! L'Indien ? Le Navajo ? L'Apache ?

— Oui, oui, c'est ça, t'as trouvé, c'est Thomas !

— Raph, t'es malade ou quoi ? Il est débile ce mec !

— Comment oses-tu dire cela Steph ? Vous vous êtes jamais adressé la parole.

— Je n'allais quand même pas parler à un mec qui était en septième ! Putain ! Dès que je me barre, les conneries pleuvent ! Et... Et tu as ?

— Non.

— Bon.

— Pas encore. Mais c'est imminent.

Aaah ! Qui chantera jamais la joie de pouvoir escagasser un frangin dominateur qui là pour son malheur ne peut rappliquer dans l'heure ?

Et c'est qu'il souffre le bougre, qu'il piaffe l'âne. Tel que je le connais, il doit être en train de déchiqueter à pleines incisives le câble de son téléphone japonais portatif.

— Raphaële, tu devrais arrêter de dire n'importe quoi, ça me fatigue. Et tu devrais réfléchir. Ce truc-là, on n'en a qu'un dans son trousseau.

— Eh brother, tu ne crois pas qu'elle est révolue l'époque où l'on montrait le drap à la fenêtre ?

Un silence consterné s'abat sur L.A. Là-bas, ils appellent cela le fog. Du coup, la préposée P et T de Saint-Nazaire nous demande si on a terminé. Mais non, mais non, ce sont les supermarkets Klactoveededstene qui payent.

— Les parents sont au courant ?

— Maman et Isabelle, oui. Je leur en ai parlé au téléphone.

— Qu'est-ce qu'elles disent ?

— Oh, comme toi mais en moins con. Elles savent bien qu'il y a un moment où l'on doit décider toute seule.

— Fadaises ! Laxisme ! Démission ! Et le père ? Il ne fait rien, comme d'habitude ?

— Ben, il est soupçonneux. Il épie, il grogne. Mais Steph, tu devrais arrêter de te miner. Je ne coucherai avec Thomas que si je suis sûre de moi. Et de lui. Et Papa me protégera.

— Ah oui ? En allant réciter un Pater à la synagogue ?

Nouveau silence. Ça réfléchit sous les palmiers.

— Il y a de la place pour moi à la villa ?

Horreur ! Qu'est-ce que ça veut dire ?

— Pas vraiment.

— Comment cela pas vraiment ?

— Ben non. Harold et Josyane vont bientôt revenir d'Italie. Isabelle doit arriver du Maroc et Tonton Rô-Rô a une pensionnaire à demeure. Non vraiment, je ne vois pas...

— Ben, il faudra aviser. J'avance mon retour !

Au secours ! Le frère arrive !

— Tu vas tout juste réussir à faire accélérer le cours des choses !

— Raph, tu ne fais rien avant que je sois là !

Ahurissant ! On croirait entendre deux cousins issus de germains parler d'une succession. Les scellés sur l'armoire normande et la clé du coffre chez l'arbitre.

Alors, je décide de mentir. Et je prends la voix pour. Rieuse, insouciante, ironique.

— De toute façon, pour le moment, tu peux continuer à bronzer idiot. Je ne suis pas « opérationnelle ».

— C'est vrai ce mensonge ?

Il a visiblement envie de me croire. Doit quand même pas être si mal que ça au bord de sa piscine hollywoodienne.

— Croix de bois, croix de fer, si je mens, je vais en enfer.

Après tout ! Il paraît que l'endroit est pavé de bonnes intentions.

Et le grand jour arrive enfin. Dès 9 heures du matin, nous sommes tous sur le pied de guerre à la villa. La fébrilité est à son maxi.

Dans les jours qui ont précédé, nous avons vendu ferme 131 places et là, le téléphone n'arrête plus de sonner pour des réservations.

Après un déjeuner sommaire pris sur l'index, Papa décide d'organiser un dernier séminaire pour bien vérifier que chacun sait ce qu'il a à faire.

Féfé, Jean-Marie, Michel, Thomas : accueil du public, circulation dans l'allée, parking mobylettes, service d'ordre, infirmerie. Puis, dans un second temps, à l'entracte, vente sandwichs et boissons.

Jérôme : relations publiques.

France et Didier : dames pipi. Vu le caractère ingrat de la tâche, il a été décidé à l'unanimité qu'ils pourraient se partager les pourboires éventuels, une fois acquittée la taxe de 0,50 F pour les garçons et de 1 F pour les filles. Cela a d'ailleurs donné lieu à un débat animé : pourquoi les femmes doivent-elles toujours payer plus cher que les hommes l'usage des commodités ? Parce qu'elles s'assoient, a tranché Rô-Rô.

Charlotte et Véro sont chargées de l'intendance : faire en sorte que les sandwichs soient prêts pour l'entracte, les cocas frais et les esquimaux glacés.

Malvina et moi supervisons la comptabilité :

tickets d'entrée, limonade, toilettes, parking, divers.

Hélène, Rô-Rô et Papa, les stars, ont été déchargés de tout. C'est sur eux que repose le show. Vit-on jamais Sardou vendre ses programmes ?

Hélène a revêtu sa tenue d'infirmière, sauf que la blouse est nettement plus dégrafée que lorsqu'elle panse aux Urgences à Lariboisière. Robert a enfilé le smok' d'Harold et Papa est en djellaba.

A 14 h 30, nous sommes tous à nos postes, sauf Papa parti s'enfermer dans les gogues, le trac, lorsque se pointe le premier péquin. Il a l'air encore plus mal à l'aise que nous. Lampe électrique à la main, Charlotte l'installe dans le gazon.

Un balle de pourboire !

A 14 h 40, déjà, on ne les compte plus. Dé-bor-dés, nous sommes. Ils déboulent par autocars entiers. En bandes. Deux par deux. Seuls. Moyenne d'âge : 14-17. Mais il y a des plus jeunes, mais il y a des plus vieux. Certains sapés, costard-cravate, d'autres en jeans. L'air grave ou rigolard. Coincé ou frimeur. Ils s'installent calmement, tranquilles, pas chahuteurs. Se saluent. S'assoient dans l'herbe. En tailleur. En yoga. Appuyés à un arbre. Allongés. Quelques-uns, studieux, ont apporté des cahiers. D'autres, venus en couples, friment pour la galerie et se roulent des pelles en attendant les trois coups.

A l'entrée, tandis que Féfé rançonne les mobs — 5 F le ticket de parking —, Jean-Marie et Thomas se débattent avec les rares parents venus accompagner leur marmaille.

— Non, non madame, il n'y aura rien de dégoûtant. C'est un cours technique, purement technique. Mais non madame, nous n'avons pas prévu de travaux manuels !

— Comment ? Du strip-tease ? Mais vous n'y pensez pas monsieur ! Nous pourrions être patronnés par l'Education Nationale et le Vatican réunis !

— Oui, madame, ce sera terminé vers 17 heures, 17 h 30.

— Comment monsieur ? Votre fille ne doit pas boire de coca ? Seulement de la limonade, bon d'accord. De toute façon, nous avons une trousse de premier secours avec du sparadrap et du Fernet-Branca.

Ah dis donc ! Faut rassurer, faut rassurer !

A la grille, Malvina installée à une table de bridge encaisse les entrées, rend la monnaie et range l'oseille dans une boîte vide de Monte-Cristo N° 2.

France et Didier sont installés sur leurs petits pliants devant la porte-fenêtre la plus proche des toilettes. A leurs pieds, une soucoupe dans laquelle ils ont placé quelques piécettes pour inciter le passant à faire de même.

Hélène et moi refaisons en toute hâte une nouvelle fournée de jambon-beurre. Visiblement, nous avons vu trop juste ce matin et nous risquons d'être submergées sous les demandes insatisfaites.

Jérôme nous aide à tartiner.

Robert est dans sa chambre. Il se concentre.

Papa est toujours enfermé dans les gogues du premier et refuse d'en sortir. J'abandonne ! annonce-t-il à Michel venu parlementer, vous n'avez qu'à vous trouver un autre guignol !

Féfé déboule soudain dans la cuisine, essoufflé.

— Il faut que Jérôme vienne tout de suite. Il y a un problème de relations publiques.

— Quoi ? je demande.

— Le CRS ! Le CRS de la plage ! Il est là, en civil, et il veut entrer !

— J'arrive, dit Jérôme en essuyant ses mains pleines de beurre.

Je les suis.

A l'entrée, c'est une véritable émeute. Ils sont encore au moins cent dehors, leur billet de 20 F à la main et le gazon est déjà complet.

Hautain, Jérôme s'approche du CRS.
— Que se passe-t-il ?
— Je veux entrer !
— Vous avez un mandat ?
— Non.
— C'est une propriété privée ici, et...
— Mais je veux assister à la conférence ! A titre personnel !
— Comment cela, à titre personnel ?
— Oui, oui, je suis en perm' aujourd'hui. Je viens pour ma propre information.
— Désolé, annonce Jérôme, mais le règlement est formel : les adultes ne sont pas admis dans l'enceinte.
— Mais je peux vous aider. Tenez, regardez !
Et il sort son sifflet. Et il siffle. Et ça se calme à l'entrée. Et les mômes se mettent en rangs, impressionnés.
— D'accord, tranche Jean-Marie, mais il faut payer. Et vous vous installez tout au fond, qu'on ne vous voie pas.
— Oui, oui, dit le CRS, j'ai l'habitude. A Paris, je planque devant les Ambassades. Alors, la couleur muraille, ça me connaît.
Il paye, se faufile et en passant devant Jérôme, il lui effleure la joue. Pour un peu, il lui jetterait un cil.
Ce poulet, décidément, n'est point un chapon !

A 15 h 23, devant 417 spectateurs payants, le CRS et une poignée de resquilleurs, la conférence commence. C'est Papa qui parle. Robert a réussi à le déloger de son trône en passant par les toits et en pulvérisant du DDT par la fenêtre et maintenant qu'il a embrayé, le père est cool. Dès qu'il voit un micro, ce n'est plus le même homme.

Même que ça vaut le coup de l'écouter :

— ... Et nous le savons bien pour y être passés avant vous. Les choses du sexe sont, à l'âge que vous traversez, aussi mystérieuses qu'effrayantes. Et, quand on est un ou une adolescente, on ne sait jamais vraiment vers qui se tourner pour en parler librement. Voilà pourquoi, avec Hélène et Robert, nous allons tenter de répondre aux questions que vous vous posez. Sans fausse pudeur mais sans effets faciles. Ce n'est pas un spectacle porno auquel nous vous avons conviés mais un cours. Afin de vous apprendre à ne pas avoir peur de l'amour le jour où il croisera votre route. Car, et ne l'oubliez jamais, ce qui est important dans l'amour, au-delà du simple rapport sexuel, c'est l'échange, l'échange entre les partenaires. Le sentiment. Nous ne sommes pas des animaux, enfin si, euh, disons plutôt que nous ne sommes pas des bêtes.

Papa s'arrête de parler. S'éponge. Ah, dis donc !

pas si facile que ça de faire amphi face à cinq cents mômes ! Faut ramer.

Un court silence salue sa péroraison. Puis, des applaudissements timides d'abord, un peu plus nourris ensuite. Mais ce n'est pas vraiment Dire Straits à Bercy. Visiblement, il y a comme de la déception dans l'air. Les mômes attendaient autre chose. Papa jette un regard désespéré à Robert qui s'empare du micro.

— Bien, bien, bien. Alors voilà, euh, c'était en quelque sorte les généralités, le préambule, la déclaration des grands principes. Mais c'est maintenant, et grâce à vous, chers amis, que notre Grande Université d'été de la Sexualité va prendre toute sa véritable dimension événementielle. Grâce aux questions que vous allez bien vouloir nous poser maintenant. Et auxquelles nous nous engageons à répondre. Quelles qu'elles soient.

Robert repose le micro.

Silence.

Aucune main ne se lève.

Robert tire sur ses pattes, Papa sur son cigare. Hélène sur sa blouse.

Il y a des silences plus pesants que d'autres. Celui-là en est un.

— Bien. Alors qui veut poser la première question ?

Ouh là là ! On se croirait au Musée Grévin. Ou en classe de maths quand le prof se demande qui il va interroger. Y en a plus un qui bouge. Et question silence, on entendrait rouler une voiture à dix bornes. Même l'alizé ne souffle plus, les grillons ne cigalent plus et les hirondelles n'alouettent plus.

Rô-Rô tente son sourire à la Paul Newman mais il est mal, carrément mal.

— Oui, je sais que ce n'est jamais très facile d'ouvrir le feu et d'être le premier à poser sa question, mais il va quand même bien y en avoir un parmi vous à oser se décider, non ?

Non. Apparemment non.

C'est le bide.

Jean-Marie, heureusement, va tout sauver. Il s'arrache aux bras de Charlotte, se lève, fonce vers la tribune et chuchote quelque chose à l'oreille de Papa. Qui en retrouve le sourire. Et s'adresse à l'assistance.

— Bon, eh bien, tout compte fait, nous pourrions peut-être faire l'entracte maintenant. Cela vous permettra de vous dégourdir les jambes et de vous concerter pour mieux préparer vos questions.

— Tout en dégustant un super-sandwich ou en buvant un coca, annonce Jean-Marie à la cantonade tandis que nous fonçons toutes vers la cuisine pour en rapporter les plateaux.

Et très vite, c'est la ruée. A croire qu'on ne les nourrit pas chez eux, ces mômes. A ne plus savoir où donner de la baguette. A ne plus avoir le temps de décapsuler. Au barrage qu'ils ont installé, France et Didier font des affaires d'or bien que certains des assistants trouvent plus économique ou écologique de s'en aller arroser les haricots mange-tout des Lalicorne.

Hélène, Papa et Rô-Rô se retrouvent très vite entourés. Et les questions commencent à fuser. Docteur ! Docteur ! Heureusement, Michel et Thomas veillent au grain : Excellente ta question, excellente ! Tu la poseras tout à l'heure ! D'accord ? Allez ! Laissez les toubibs un peu respirer ! Ne les importunez pas ! Ils vous répondront dans dix minutes.

L'idée de Jean-Marie était la bonne. L'entracte permet à tout le monde, y compris l'atmosphère, de se détendre. Les spectateurs se mélangent, s'interpellent, rigolent, échangent leurs impressions. Apparemment, elles sont positives. L'entracte joue pleinement son rôle : la sauce est en train de monter.

A un moment, Papa vient me trouver et me glisse un papier plié dans la main. Des questions bidon qu'il a préparées et que nous devrons poser si les autres ne se lancent toujours pas.

— Faire des conneries pareilles à mon âge, il soupire, alors que je devrais être directeur de chaîne depuis longtemps déjà !

— Tu t'emmerderais, Papa ! Les pourparlers avec les syndicats, ce n'est pas ton truc, tu le sais bien !

Il me regarde en souriant.

— T'as raison la fille, t'as raison !

Au bout de trente-deux minutes, cent quatorze baguettes, huit kilos de jambon, une roue d'Emmenthal, cinq terrines de rillettes, trois cent dix-neuf boîtes alu de boissons gazeuses et cent vingt-deux passages payants au pipi-room, la Conférence reprend. Et dans l'instant ouf ! les questions se mettent à fuser.

Princier, Tonton Rô-Rô sélectionne et désigne du doigt celui ou celle qui aura le droit de se lever pour soumettre le problème qui le turlupine.

C'est un môme de quatorze ans à la mine rigolarde, que nous connaissons tous parce qu'à la plage il n'arrête pas de faire le zouave, qui ouvre le feu.

— Salut ! Est-ce qu'en regardant un zizi, un docteur peut savoir si son propriétaire s'est déjà masturbé ou non ?

— Non, non mon vieux, aucun danger ! répond Papa en souriant.

— Oh ! ce n'est pas pour moi ! C'est pour mon frangin !

Le farceur se rassoit. Tout le monde rit. Son frère, un an de moins, se lève, pas content.

— Est-ce que c'est normal pour un garçon d'avoir mal aux seins ?

Salves de rires.

— Ne vous moquez pas, répond Rô-Rô sérieux, cela peut effectivement se produire à l'époque de la puberté. C'est une simple réaction mammaire due à l'influence des hormones. Dans ce cas, l'aréole du sein s'élargit, la glande se gonfle et le sein devient un peu douloureux.

— Mais cela ne veut pas dire qu'on est en train de devenir un travelo brésilien ?

— Non, non, tu peux dormir tranquille !

— Oh ! ce n'est pas pour moi ! C'est pour mon frère !

Un triomphe, il fait ! Du délire.

C'est une fille qui maintenant se lève.

— Pouvez-vous m'expliquer la différence entre une clitoridienne et une vaginale ?

Badaboum ! J'observe les trois compères sur le podium. Ils en déglutissent. Certes, ils avaient prévu de l'insolite mais apparemment pas jusqu'à ce point, et pas aussi vite. Hélène se marre, Papa regarde en l'air, Robert consulte ses fiches. Histoire de retrouver ses esprits.

— Ah ! dit Robert.

Ça gagne toujours quelques secondes.

— Ah ! reprend-il. Pour tout vous dire, mademoiselle, il n'y en a pas véritablement. Tout cela est un peu littéraire, un peu artificiel. Disons que dans le rapport sexuel, il peut arriver que la femme éprouve plus de plaisir dans les caresses proposées à son clitoris que dans le mouvement effectué à l'intérieur de son vagin ou vice-versa mais c'est un peu du chipotage. La meilleure façon d'aider sa partenaire à parvenir au seuil de l'orgasme est de ne négliger aucune partie de son corps. Un bon amant est celui qui saura mettre le feu à l'ensemble de ses zones érogènes. Voilà. Cela vous satisfait-il comme réponse ?

— Oui, oui, ça va.

Ouf ! Acquitté ! Robert laisse échapper un soupir. Il a l'air épuisé. Et ce n'est que le début.

D'autres mains se lèvent, impatientes.

— Moi ! Moi ! S'il te plaît Docteur ! J'ai une question sur l'orgasme !

— Eh bien, pendant qu'on y est ! consent Robert.

La fille se lève. Quinze ans, pas plus.

— C'est quoi exactement un orgasme ? Et comment est-ce qu'on sait qu'on en a un ?

— Quand tu jouis, pauvre conne ! crie une voix anonyme du fond de la pelouse.

Rires. Papa tape sur la table avec une règle. Heureusement qu'il a pensé à en descendre une.

— S'il vous plaît ! S'il vous plaît ! Pas d'interruptions ! Et les courageux du dernier rang, soyez gentils de garder vos plaisanteries oiseuses pour ailleurs. Ici, nous avons annoncé que nous répondrions à toutes les questions, même les plus saugrenues. Alors, soyez gentils et écrasez ! Vous feriez mieux d'encourager ceux qui posent leurs questions. Vu ?... Nous ne sommes pas à l'Assemblée Nationale et il n'y a pas la télévision. Ici, c'est sérieux !

Et pof ! Applaudissements.

Rô-Rô se tourne vers Hélène.

— Peut-être pourrais-tu répondre à cette question ?

Hélène acquiesce, croise et décroise les jambes, passe sa langue sur ses lèvres et attaque. Elle est géniale, cette nana !

— L'orgasme survient après une préparation plus ou moins longue, lorsque tous les sens ont été éveillés puis portés au paroxysme du désir. Chez les garçons, l'orgasme consiste en une sorte d'éblouissement, parfois même une perte de conscience de quelques centièmes de seconde, qui entraîne l'éjaculation, autrement dit la sortie brutale des spermatozoïdes. C'est quelque chose de très violent, de très intense...

— Mais de vachement agréable, complète Rô-Rô narquois.

— Il paraît, il paraît, lui répond Hélène en riant. Chez nous, les filles, l'orgasme est plus diffus, plus souterrain si je peux dire. Mais c'est tout aussi agréable. Notre poitrine se gonfle, nos muscles se tétanisent, le sang afflue dans nos organes, bref, ça fait du bien partout, rien que d'y penser !

Et, l'œil coquin à demi fermé, la tête renversée, Hélène sourit aux anges. Un léger frisson de concupiscence parcourt la pelouse. Il faut bien reconnaître qu'elle est irrésistible, cette fille !

— Il y a une autre différence, intervient Papa, c'est que les femmes peuvent avoir un orgasme à répétition, cinq ou six envolées, alors que nous, malheureusement, nous avons besoin d'une période de récupération plus ou moins longue entre deux éjaculations.

— « Animal post coitum triste est », exégèse Tonton en hochant gravement du chef.

— Ce que vient de dire Robert est tout à fait exact. Après l'éjaculation, l'homme traverse parfois une brève phase dépressive. Et, c'est à ce moment précis que l'on reconnaîtra le bon amant.

— Le bon amant, enchaîne Hélène, est celui qui ne se tournera pas aussi sec vers le mur pour dormir et qui, au contraire, entreprendra par de douces caresses de nous apaiser, de nous aider à redescendre lentement des sommets.

— C'est cela, reprend Papa. Après avoir eu un rapport, un mec se sent généralement rassasié et n'a plus qu'une envie : qu'on lui foute la paix et qu'il puisse allumer sa sèche tranquillement. C'est donc là qu'il faut savoir un peu moduler.

— Et au bout de combien de temps a-t-on de nouveau envie ?

— Bof ! Cela dépend de l'âge, de la condition

physique, du désir éprouvé pour la partenaire. Quand on est très jeune, ce sera vingt minutes, une demi-heure. Ensuite, il faudra attendre plus longtemps.

— Mais ne croyez pas les vantards qui prétendent faire ça dix fois par nuit, précise Rô-Rô.

— Alors que nous les filles, dit Hélène en riant, nous sommes prêtes à repartir au quart de tour !

Un garçon se lève. Dix-huit ans. Un peu agressif.

— Alors comment devons-nous faire si elles peuvent sans arrêt et nous que par à-coups ?

— Bonne question, répond Robert. Il faut apprendre à dominer ses pulsions, à être maître de ses réflexes. Il faut savoir se retirer de la ...euh, de la fente magique lorsque l'envie se fait trop pressante.

— Oh là ! Ça c'est pas facile ! lance une voix.

— Non, ce n'est pas facile, reconnaît Robert. C'est une question de pratique et de réflexion. Mais il faut que vous vous mettiez en tête que vous ne ferez pas l'amour bien dès le premier jour. C'est comme pour la bicyclette ! Au début, on tombe ! Cela dit, si vous avez déjà en tête cette notion de respect de la partenaire, vous aurez fait le plus long du parcours. Ne croyez surtout pas que le prodigieux honneur que vous accordez à la femme en la pénétrant suffise à la combler ! Apprenez plutôt à tirer une grande partie de votre plaisir de celui que vous-même saurez prodiguer et croyez-moi, ce jour-là, vous serez les rois de la baise !

Silence recueilli. Les garçons méditent, les filles savourent. La cohabitation, quoi !

Un môme de douze ans se lève. Sourire adorable, Lacoste, bermuda et baskets. Feuille de papier à la main. Autour de lui, dix moutards de son âge. Tous BCBG. Ce doit être la délégation du Club des Léopards.

— Voilà Docteur, j'ai toute une série de questions

qu'on a préparées pendant l'entracte avec mes copains. Est-ce que je peux te les poser ?

Robert sourit, tout attendri.

— Mais oui, bien sûr. Comment t'appelles-tu ?

— Antoine. Frank de mon second prénom.

— Eh bien, je t'écoute Antoine.

— Antoine Frank, si ça ne t'ennuie pas Doc.

— Pas du tout, pas du tout. Alors, Antoine Frank, tes questions concernent quel sujet ?

— Oh ! Un sujet bien brûlant !

Tout le monde s'esclaffe. Seul Antoine Frank garde son sérieux. Il s'éclaircit la voix et tourne la tête vers ses copains qui l'encouragent.

— Eh bien voilà. Mes questions concernent l'univers mystérieux de la masturbation.

— Très bien, nous allons te répondre. Pose tes questions Antoine...

— Antoine Frank, Doc. Alors on y va. Est-ce que la masturbation rend fou ?

— Non.

— Sourd ?

— Non.

— Impuissant ?

— Non.

— Est-ce qu'elle ramollit le cerveau ?

— Non.

— Est-ce qu'elle rend sénile avant l'âge ?

— Non.

— Alors pourquoi est-ce que mon cousin est plus con que nature ?

Tempête de rires. Quel talent ! Antoine Frank se rassied, visiblement ravi de son effet. Son voisin le prend à la gorge. Le cousin était là.

D'autres doigts se lèvent. Rô-Rô hésite puis désigne un ado de 17-18. Je le connais pour l'avoir vu souvent à la boîte et à la drague sur l'Esplanade. Pas antipathique mais assez vulgus.

— Comment sait-on que la nana prend son pied ?

Shocking ! Papa — et il a bien raison — tape sur la table avec son double décimètre.

— Autant que faire se peut, essayons mes bons amis de rester clâsse dans le choix de nos expressions. Je suppose que l'interpellateur veut évoquer ici cet instant précis où la jeune fille va atteindre le seuil de cet orgasme tant convoité ?

— Ouais ! C'est dit en plus long mais c'est ce genre de truc, quoi.

— Généralement cela se voit, cela se sent, explique Hélène. Tout notre corps se tend, se raidit, se contracte avant d'être parcouru par un immense souffle apaisant.

— D'accord, d'accord Miss, mais il doit bien y avoir des soutes qui font du cinoche ?

— Parle autrement mon pote ou je te retire ton temps de parole ! lance Papa.

— C'est exact, confirme Tonton. Il y a des filles qui jouent la comédie et elles ont tort. Elles le font pour faire plaisir au bonhomme ou bien parce qu'elles ont peur d'être frigides ou anormales si elles ne jouissent pas. C'est un mauvais calcul. Il vaut bien mieux mettre les choses au point entre soi, calmement. Si une fille ne jouit pas, c'est qu'on lui a mal fait l'amour. C'est alors à elle de demander à son partenaire d'aller moins vite, de se préoccuper davantage de ses désirs, de mieux la guider sur le chemin du plaisir. Quant à vous les garçons, n'oubliez jamais que les filles ont tout autant que vous droit au plaisir.

— D'accord toubib, mais parfois, quand on a envie de tirer...

— Ah non, râle Papa, cette fois, c'en est trop. Si tu ne te décides pas à jacter correct, je te coupe le sifflet. Et d'abord, qu'est-ce que cela veut dire : tirer ?

Comme s'il ne le savait pas !

— Je suppose que notre jeune ami veut évoquer par là un désir pressant, propose Robert.

— Dans l' mille, Emile !

Robert sourit, indulgent. Mais il est déjà en train de préparer ce qu'il va dire et apparemment, il y a encore une haie à l'horizon.

— Je vous répète une fois encore que dans le cas d'un désir trop pressant, l'homme doit s'abstenir d'introduire son pénis dans le... porte-monnaie à moustaches. — Rires — Il risquerait d'y imploser immédiatement. Il devra donc plutôt aider sa compagne à parvenir à ce même seuil de pré-extase. En la caressant. Et euh... en l'embrassant.

— En lui faisant une minette, quoi !

— Oh ! a le temps de dire Papa.

Mais Robert continue, concentré.

— Je préférerais pour l'instant employer le terme plus scientifique de cunnilingus mais en gros le résultat est le même.

Il y a comme un silence. Personne n'ose réclamer des détails plus techniques sur ce cunnilingus et la façon dont il se pratique. Heureusement, Robert redescend à la mine. Une médaille ! Une médaille il mérite mon Tonton !

— Le cunnilingus est une caresse buccale très douce que l'homme entreprend avec sa langue et ses lèvres sur les parties intimes de la femme.

— Mmmmh, c'est délicieux ! soupire Hélène en s'étirant.

— Hélène, voyons !

Tout le monde rit. L'atmosphère se détend. Faut dire que le bachotage est plutôt hard depuis un moment.

— Au fond, votre truc, c'est un peu comme la pipe mais dans l'autre sens ? demande une fille allongée dans l'herbe, la tête sur les genoux de son Jules.

— Oh ! refait Papa, de plus en plus mal.

Mais Robert est décidé à ne pas se laisser démonter.

— Ma foi, oui ! Quoique là encore, je préférerais employer le terme plus savant et latin de *fellatio*. Il faut que vous le sachiez : les lèvres, la bouche, la langue sont, chez l'être humain, un prodigieux réservoir à caresses. Et c'est tout un art de bien savoir les utiliser.

— Faut-il faire comme Démosthène et se mettre des cailloux dans la bouche avant ?

— Non, non ! répond Papa hilare, cela n'a rien à voir ! En l'occurrence, une bonne diction nous importe peu !

Le questionneur reprend la parole, œil farceur.

— En somme, on peut... peut faire de bonnes mi... minettes même si... même si on est bè... bègue ?

— Absolument !

Tout le monde rit et applaudit le bègue lorsque j'entends sonner le téléphone. J'y vais. C'est Maman ! On papote trois minutes, je lui raconte la conf', elle hurle de rire à l'idée de Papa expert sexuel et on se fait des bisous.

— Ah ! j'oubliais, me dit-elle au moment de raccrocher, j'ai eu Isabelle au téléphone. Elle n'arrive pas à vous joindre depuis Marrakech. Elle rentre demain soir et sera après-demain à La Baule. N'oublie pas de l'annoncer à l'expert sexuel ! dit-elle en pouffant et on se raccroche après plein de bisous.

Je repose le combiné et vais pour ressortir dans le jardin, quand je vois une ombre.

Thomas est là, devant moi. Calme, immobile, souriant. Ses yeux sont comme l'océan.

Il s'approche et m'embrasse.

Je fonds.

Avant l'heure, c'est pas l'heure.

Après l'heure, c'est plus l'heure.

Là, il est 16 h 48 et apparemment c'est mon heure.
Quand Thomas m'entraîne sans un mot vers l'escalier, je ne résiste même pas. Tout juste ai-je le palpitant qui tchak-a-tchak un peu plus vite.

Nous gravissons l'escalier en nous arrêtant-buffet toutes les trois marches. Pour de longs baisers. Silencieux. Graves. Lourds de questions, lourds de promesses. Thomas me tient par les épaules, serrée contre lui et je sens rouleaucompresseuriser en moi, au creux de mes reins, comme une coulée de lave qu'elle est vachement incandescente. J'ai envie de crier, de bouger la tête, de dénouer mes cheveux. D'être caressée, palpée, fouillée, griffée, étouffée. Pour la première fois de ma vie, j'ai envie d'un mec. Et ce mec c'est Thomas. Et Thomas est là. Et je sens son désir, collé contre mon ventre, prêt à l'ouvrir.

Nous pénétrons dans une chambre. Celle d'Hélène et Robert, je crois, j' m'en fous. Les volets sont presque clos. Juste un rai de lumière et la poussière qui y danse. Nous tombons entrelacés sur le drap et nous embrassons encore et encore. Mêlant nos haleines, nos salives, nos souffles, nos langues, nos pensées, nos désirs.

Et, bouches nouées, nous commençons à nous dévêtir.

Et je n'ai pas peur.

Pas peur quand sa main empalme mes seins gonflés. Pas peur quand elle les délaisse pour effleurer mon ventre et descendre se poser à l'entrée de mon corps. Pas peur quand ma main impatiente découvre son sexe gorgé de désir.

Et nous n'entendons plus rien. Ni les questions qui continuent de fuser dans le jardin. Ni les réponses des adultes et les rires qui saluent leurs explications quand elles se font lestes. Ni le bruissement d'ailes des hirondelles qui nichent sous les ardoises. Ni la mer lointaine qui se brise sur la poussière de coquillage, étonnée de ne pas trouver son contingent de mômes. Ni la guêpe qui se cogne contre la vitre. Nous sommes seuls. Nous sommes seuls au monde, Thomas ! Et c'est joli, c'est pur, c'est pas pollué !

Quand il s'introduit en moi, je ferme les yeux, à peine une petite douleur fugace lorsque se déchire mon hymen et un rythme doux comme une biguine tandis que nos deux sexes se cherchent, se trouvent, s'entremêlent, s'enchantent.

Par trois fois, je lis dans ses yeux l'arrivée d'une vague gigantesque et submergeante. Par trois fois, il sait ralentir, s'arrêter pour que monte également en mes reins cette même houle qui, je le sens bien, va tout submerger sur son passage.

— Maintenant, je dis.

Et, un centième de seconde avant l'explosion qui nous retourne, nous fouille, nous broie, nous liquéfie, je pense : Tiens ! Je n'ai pas dit « prends-moi » comme dans les bouquins cochons !

Après, je n'ai plus la tête à penser à rien. Des couleurs ? Des sons ? Des parfums ? Je ne sais pas, je ne me souviens de rien.

Thomas reste allongé sur moi, en moi. Je caresse sa nuque. Quelques douces gouttes de sueur et une veine qui palpite. Il me regarde, me sourit, m'embrasse.

— Raph ?

— Oui ?

— C'était la première fois pour moi aussi.

— Pour un débutant, tu ne te débrouilles pas trop mal !

Je lui ébouriffe les cheveux. Nous rions.

— Raph ?

— Oui, Thomas.

— Je crois bien que je t'...

— Chut ! Ne dis rien. Moi aussi !

Et nous refaisons l'amour.

Papa s'est trompé dans ses statistiques. Il parlait, pour regonfler les accus, de vingt minutes, une demi-heure.

Nous avons à peine attendu dix minutes !

Il faudra que je lui en fasse la remarque, ai-je à peine le temps de songer avant de ressentir à nouveau s'enfler et rugir en moi cette lame de fond surgie de très très loin.

Oh, là là, là là, là là...

— Tu as envie de redescendre, hein ? Ne dis pas non Thomas, je peux le lire sur ton visage.

Depuis quelques instants, je le sens piaffer. A nouveau attentif à la rumeur, aux rires et aux applaudissements qui montent de la pelouse.

— Oui, un peu. Et puis, les autres vont finir par s'étonner de notre absence.

J'imagine très bien à qui il pense en parlant des autres. Moi aussi, j'y pense.

— Allez viens, on redescend, me propose Thomas.

— Non, vas-y tout seul. Je préfère rester un peu là, toute seule. Je me sens si bien.

— Bon, alors, je reste aussi.

Je m'assieds sur le lit. Et cache mes petits seins tout ronds. Encore pudique. De nouveau pudique.

— Ecoute Thomas, on ne va pas commencer à vivre comme un vieux couple. Tu as envie de rejoindre la bande, alors tu y vas et c'est tout. Allez, dégage. Mais...

Il me sourit.

— Mais quoi ?

— Ne te moque pas de moi.

— Comme si j'en avais l'envie !

Et il me reprend dans ses bras. Embrasse mes cheveux qui, paraît-il, sentent les vacances, l'ambre solaire, les embruns, l'amour. Me mordille le lobe de l'oreille tout en y chantonnant qu'il n'a pas envie de se moquer et qu'il croit bien qu'il m'aime mais alors vraiment et beaucoup.

Je le repousse pour mieux le dévisager. Finalement, il n'a rien de génial ce mec. Alors pourquoi ai-je envie de me laisser mourir de bonheur en ses bras ? De me noyer en ces yeux mi-bleu mi-vert qui se repaissent de moi ? Putain ! je l'aime ce con ! Et je l'ai aimé dès le premier jour. Il y a un siècle.

— Maintenant, tu fous le camp !

On rit, on s'embrasse. Thomas échappe à mon étreinte, se rhabille à toute allure, un coup d'œil dans la glace de l'armoire, une main dans les cheveux trop peu polis pour être honnêtes, un dernier baiser et hop, je l'entends qui dévale l'escalier.

Je m'empare du second oreiller, le tapote et m'installe confortablement dans le lit. Besoin de réfléchir. Mais c'est difficile. Je dois avoir l'air de l'idiote du village là à sourire aux toiles d'araignée tout en me disant que j'ai de la chance.

J'en suis là de mes rêvasseries lorsque j'entends des pas furtifs sur le palier. On frappe à la porte. Charlotte.

— Alors ?

— Alors quoi ?

— Ça y est ?

— Oui.

— C'était bien ?

— Oh oui, Charlotte, c'était bien.

— Bon, ben remets-toi !

— Je me remets, je me remets.

— Et... Et ça t'a fait mal ?

— Non.

— Non ?

— Non, je te dis.

— Bon, ben alors, c'est décidé, ce soir Jean-Marie y passera !

On éclate de rire. Charlotte vient m'embrasser précautionneusement, comme si j'étais une grande malade sur un lit d'hôpital et repart du pas ferme du p-dg qui vient de décider de vendre sa boîte aux Coréens.

Je sors du lit et vais me mettre sous une douche tiède. Singin' in the rain.

Quand j'en ressors, toute frissonnante et emmitouflée dans le peignoir d'Hélène, Papa est là, assis sur le lit. Figé dans sa djellaba remontée jusqu'aux cuisses.

On se croirait en plein péplum, à l'instant où les Chrétiens vont être livrés aux lions.

— C'est de ma faute, gémit Papa, c'est de ma grande faute.

— Quoi Papounet ? je demande en l'embrassant sur la joue.

— Cette conférence ! C'est cette putain de conférence qui vous a tous rendus fous !

— Mais non, Papa ! Tu sais, ce qui vient de se passer était programmé de longue date. C'est arrivé parce que cela devait arriver. C'est comme quand un fruit est mûr, il tombe de son arbre.

Papa reste effondré sur le lit, la tête entre les mains, coudes sur les genoux. Une pose à la Rodin. C'est pas Le Penseur, c'est Toute La Misère Du Monde. On le transporterait en l'état devant le Mur des Lamentations, il ferait un carton. M'est avis que Gros Nounours a besoin d'un spécial câlin. Je m'assieds à ses côtés, le prends par le cou et lui fais plein de petits bisous sur la joue.

Au bout de cinq minutes, apparemment apaisé, Papa se relève.

— Bon, faut que j'y aille, sinon Robert va garder tout le cachet.

Ouf ! Il reparle pognon, c'est qu'il va mieux.

Nous redescendons, main dans la main.

En bas, la conférence continue de battre son plein, et Rô-Rô est en train de parler de l'acné.

— Non, non, l'acné ne disparaît pas forcément

lorsque l'on fait l'amour. C'est une maladie, l'acné. Une maladie de la peau qui survient généralement au moment de la puberté, lorsque les glandes du système pileux s'affolent et sécrètent trop de lubrifiant.

— Bon d'accord, interrompt le questionneur, plus qu'un peu boutonneux sur les bords — lui ne pourra pas prétendre qu'il pose la question pour un tiers — mais il paraît que l'acné a à voir avec les hormones mâles ?

— C'est tout à fait exact, approuve Robert après un rapide coup d'œil à ses fiches. La glande sébacée réagit de façon excessive aux androgènes.

— Les androgènes, intervient Papa qui a rejoint la tribune, à ne confondre en aucun cas avec les androgynes.

Sourires polis. Le sujet est trop préoccupant et concerne trop de spectateurs présents pour qu'on ait envie de le voir traité sur un mode badin.

— Je n'y comprends rien ! tempête Didier en tapant du pied depuis son tabouret d'homme pipi.

Papa se tourne dans sa direction.

— C'est pourtant simple, Didier. Un androgène, c'est une hormone mâle. Un androgyne, c'est quelqu'un qui... euh, pardonnez-moi l'expression, qui a le cul entre deux sexes !

— Comme David Bowie ?

— Comme le David Bowie d'une certaine époque. Celle de Ziggy Stardust où il posait en robe à fleurs.

— Ou comme Boy George ?

— Oui, plutôt comme Boy George.

— Ça va, dit Didier. Pouvez continuer.

Mais une fille, je la connais vaguement, son père a une agence immobilière près de la gare, réclame d'autres précisions.

— Est-ce que les filles ont aussi des hormones mâles ?

— Oui, vous en avez aussi mais moins que les garçons, lui répond Robert. Bien, je peux continuer ? Tout le monde suit ? Donc, quand vos glandes sexuelles sécrètent trop d'androgènes, les glandes sébacées qui, elles, sont situées à la sortie de chaque poil, se mettent à leur tour à sécréter trop de graisse et ce phénomène entraîne l'obturation des pores de la peau et par voie de conséquence l'apparition de ces petits boutons si disgracieux que vous connaissez bien. Et c'est cela l'acné.

— Alors, ça ne sert à rien de faire l'amour ? redemande le boutonneux malheureux.

— Ça ne fera jamais du mal mais en l'occurrence le mieux est encore de se soigner.

— Et autrement, précise Hélène, qu'en appuyant avec ses ongles sur le bouton. Cela, c'est carrément dégoûtant et n'aura d'autre résultat que de vous abîmer la peau, voire même d'y laisser des cicatrices qui ne s'en iront plus.

— Alors que faire, bordel ? demande le malheureux boutonneux en montrant son visage accidenté.

— Va voir ton docteur bordel ! répond Papa. Il existe aujourd'hui plein de traitements efficaces. Sous forme de pilules, pommades, vitamines ou gels !

— En tout cas, si je vous ai bien compris, cela ne sert à rien de se laver ! affirme plus qu'elle n'interroge une gamine de treize ans, de la bande des Dauphins.

— Mais si, la tance Hélène en faisant les gros yeux, il faut toujours se laver. Ne serait-ce déjà que par respect pour ceux qui vous entourent. Une hygiène corporelle quotidienne est indispensable. La crasse, vous savez, n'est pas vraiment bien classée au hit-parade du charme.

— Bof ! On se met du pschitt-pschitt et on n'en parle plus, laisse tomber un quatorze ans de chez les Canetons.

— Mais non Dugenou ! On se lave, on se lave à grande eau ! le tance Papa pas content. On se savonne, on se frictionne, on asperge son corps, on permet à sa peau de respirer. Les déodorants ne viennent qu'après.

Un temps. Faut qu'ils assimilent le prêche.

— Bien. Nous avons peut-être fini maintenant, non ? Y a-t-il d'autres questions ?

Dix doigts se lèvent. Rô-Rô choisit. Un 18 ans se lève. Je le connais de vue. Il est souvent au Country.

— Pourquoi nous tous qui sommes ici ne pensons qu'à cela alors que nos vieux en parlent toujours comme d'un devoir conjugal ?

Rires. Approbations. Bonne question. Rô-Rô sourit.

— Sans doute parce qu'il y a encore beaucoup de tabous autour des choses du sexe. Parce qu'il y a encore plein de gens qui le font très mal. Soit qu'ils soient troublés par la notion de péché. Soit qu'ils veuillent simplement faire un enfant et qu'ils éprouvent de la honte à y prendre du plaisir. Soit qu'ils refusent de voir que l'acte d'amour peut être en lui-même un merveilleux facteur d'épanouissement dans un couple. Du coup, si l'on n'ose prendre son plaisir, pratiquer certaines fantaisies, s'ouvrir à certains fantasmes, faire l'amour devient très vite un train-train, pour ne pas dire une corvée.

— Savez-vous pourquoi les célibataires sont maigres et les hommes mariés gros ? demanda Papa, l'œil égrillard.

Non.

— Ben parce que le célibataire, quand il rentre chez lui, il ouvre le réfrigérateur, fait bof ! et va se coucher sans dîner. Tandis que l'homme marié, quand il rentre chez lui, il ouvre le lit, fait bof ! et va dîner sans faire l'amour !

Wouaff, wouaff ! Ça fait du bien de rire.

Autre question.

Un vrai bébé. Douze ans à peine. M'est avis qu'il a dû trafiquer sa carte orange pour pouvoir entrer.

— Est-ce que si l'on suce longtemps les seins d'une fille on a des chances d'avoir du lait gratuit ?

— Aucune chance, répond Rô-Rô hilare. Par contre, si on t'appuie sur le nez, peut-être !

— Bon, annonce Papa en regardant sa montre, s'il n'y a plus d'autres questions...

Ouh là ! Tollé général ! Ça va pas, non ? Quinze mains se lèvent. Y a pas. Nous sommes tous prêts à faire des heures supp'. Hélène, Papa et Rô-Rô affichent un sourire ravi.

Un type se lève. Je le connais de vue pour l'avoir repéré à la boîte chaque fois que j'y suis allée. Il est maigre, un peu crad' mais plutôt une bonne bouille sous ses airs de frimeur.

— Est-ce que c'est bien de prendre de la drogue avant d'avoir un rapport sexuel ?

Le tumulte s'apaise d'un coup. Les visages se font attentifs. Papa se lève.

— Très bonne question. A quoi penses-tu ? Au hasch ?

— Non, répond l'autre sans se démonter. A l'héro !

Quelques-uns, dans l'assistance, sourient. Pas Papa. Il a le visage grave.

— Je propose que nous... Euh, je propose que nous dédiions cette séance à tous ceux qui prennent de l'héroïne.

Un silence stupéfait accueille sa déclaration. Puis, quelques murmures désapprobateurs et un ou deux rires rouleurs. Moi, franchement, je me sens mal. Papa est-il devenu fou ?

— Oui, continue-t-il imperturbable, parce que, si l'année prochaine, nous refaisons une séance comme celle-là, eux ne pourront pas être là. Ils seront tous morts. Crevés comme des rats.

Papa se rassied. Tendu. Concentré. Les mains un peu tremblantes. Personne ne songe plus à rire. Celui qui a posé la question se fait tout petit. Papa le dévisage, en souriant avec gentillesse.

— Je pense que tu as parlé comme cela, pour frimer devant tes potes. Tu me pardonneras mais ta question ne me fait vraiment pas rire. Ni même sourire. Si encore tu m'avais parlé de se rouler un pétard, j'aurais répondu sur un mode plus badin. Le hasch n'est pas une drogue dure, tout le monde le sait. Il n'empêche que c'est une saloperie. Parce que c'est le premier pas. La porte ouverte sur la consommation des autres drogues. On commence rarement par l'héroïne ou la coke. On commence toujours par les pétards et puis on veut aller plus loin. Alors on sniffe de la colle, on avale des amphés, on respire des poppers. Et c'est l'engrenage car malheureusement, il n'y a pas de billet de retour. On se retrouve accro avant d'avoir compris ce qui vous arrivait. Et la drogue, c'est un poison ! Rien d'autre. C'est la souffrance, l'hébétude, la folie que tu instilles dans tes veines. Et puis crois-moi et pour répondre plus précisément à ta question, tu ne baiseras jamais mieux avec ces saloperies. Peut-être le croiras-tu mais certainement pas ta partenaire.

Le copain de celui qui a posé la question tente de voler au secours de son pote malmené.

— Raymond voulait seulement vous parler des aphrodisiaques, Doc ! Faut pas vous mettre en boule. Il est clean, Ray, il est pas destroy.

— Alors tant mieux ! annonce Papa, mais j'ai entendu comme tout le monde ici et ton copain nous a parlé de l'héroïne. Une fois pour toutes, coke, héro,

LSD, sniff, poppers and C°, tout cela est à mettre dans la même poubelle. C'est de la saloperie. Tenez-vous-en éloignés.

— Et le H ?

— Pour moi, je te l'ai dit, c'est le même combat. Parce que c'est la porte ouverte sur la suite.

— Mais c'est chouette de planer ?

— Baise bien et tu planeras ! répond Hélène en riant.

— Quant aux aphrodisiaques, reprend Papa, il existe certains produits, certaines substances, certaines plantes qui peuvent entraîner chez l'homme une érection spectaculaire et à la limite douloureuse. Mais d'abord, je ne pense pas que vous en ayez besoin à votre âge et ensuite ce peuvent être des produits dangereux risquant d'entraîner de graves troubles cardiaques. Cela dit — et Papa sourit à Raymond — il est bien que cette question ait été posée.

— Alors, on n'a pas le droit de rêver en somme ? reprend le copain de Raymond.

— Mais si mon vieux, évidemment. Seulement, vous ne me parliez pas de rêve mais de cauchemar. Je sais que le monde en lequel nous vivons est dur, difficile, hostile, désespérant même parfois. Mais il y a mille façons de s'en sortir et la drogue n'en est pas une. Définitivement non.

Alors, isolément, puis par petits groupes, puis tous ensemble, nous nous mettons à applaudir. Emus. Papa esquisse un pâle sourire. Je le connais. Il doit être en train de penser qu'il aurait pu être meilleur, plus convaincant, moins violent peut-être. Mais il a tort. Ce qu'il vient de dire a été entendu.

Une main déjà se relève.

— Est-ce que l'alcool c'est mieux ?

Bon, ben d'accord, décidément, c'est la totale. Le

final avec chœur et orchestre. Quand c'est fini, ni ni, ça recommence. Papa soupire et repart au charbon.

— L'alcool ? Ce n'est pas vraiment mieux, mon vieux. Bon, à la rigueur, avoir un petit verre dans le nez pour se donner du courage, pour draguer, cela pourrait passer. Seulement personne ne sait s'arrêter. Et ça finit par donner des types bourrés, malades, agressifs. On boit pour se donner du courage et l'on finit avec mauvaise haleine, mal au cœur, envie de se bagarrer et tutti quanti.

— Et puis de toute façon, annonce Didier depuis son tabouret, l'alcool empêche de bander !

Tout le monde éclate de rire. Triomphe modeste, Didier sourit et salue.

Rô-Rô fait un dernier tour. Plusieurs doigts se relèvent. Si cela continue, on pourra enchaîner direct sur le bain de minuit. Ce sont les cinémas du coin qui vont faire de mauvaises affaires. Robert se choisit un orateur. Il aurait dû en trouver un autre. La question tombe drue. Comme une pluie de novembre.

— La sodomie, qu'est-ce que c'est ?

Gloup ! Un blanc. Sec.

— Tu veux répondre ? demande Rô-Rô à Papa.

— Non, non, vas-y, je t'en prie !

— Bon, ben, euh, la sodomie, c'est le terme qui désigne les rapports anaux, voilà quoi. La pénétration par l'orifice arrière, si vous préférez. Elle se pratique chez une partie des homosexuels, pas tous, mais également dans certains couples hétéros.

— C'est dégueulasse ! lance une fille du deuxième rang.

— Disons que ce n'est pas indispensable, module Robert en souriant. Mais pourquoi nous faut-il toujours tout juger ? Un certain nombre d'êtres humains trouvent leur accomplissement, leur plaisir dans la pratique de ces rapports, foutons-leur la paix, laissons-les vivre et puis c'est tout !

— Les pédés, c'est dégueulasse ! reprend la fille.

— Si le bon Dieu n'avait pas voulu des homosexuels, il ne les aurait pas inventés, lui répond Papa.

— Ce n'est pas le bon Dieu qui les a inventés ! C'est le diable !

— Peut-être. Peut-être as-tu raison. Mais alors qui a inventé le diable ?

Wouap, putain ! Vaste débat. Qu'y a-t-il eu d'abord ? La poule ou l'œuf ? L'œuf ou la poule ?

On laisse passer le convoi d'anges.

— Plus de questions ?

— Si ! Moi !

Une fille lève le doigt. Je l'ai repérée à la plage. Elle est toujours avec deux mecs mignons à ses trousses.

— Bon, ben, vas-y mais il va falloir terminer. Il est plus de 19 heures maintenant et Jean-Marie vient de nous annoncer qu'il y avait presque une émeute dans la rue. Ce sont vos parents, inquiets, qui veulent vous récupérer.

Wouaouh ! Que n'a-t-il pas dit là, Rô-Rô ? Une forêt de bras d'honneur se lève. Pour une fois qu'ils étudient !

— Ben voilà, dit la jolie fille de la playa, je me retrouve devant un choix difficile et j'aimerais savoir si c'est mieux ou pas avec un garçon circoncis ?

— Ah ! dit Robert perplexe, avant de se retourner vers Hélène.

— Bof ! C'est du kif ! fait simplement celle-ci.

— Mais d'abord, c'est quoi exactement la circoncision ? demande la fille.

— Viens, je vais te montrer ! propose un anonyme égrillard.

— Allons, allons ! intervient le père en tapant sur la table.

— La circoncision est une mini-opération chirurgicale qui consiste en l'ablation de la petite peau, le prépuce, qui recouvre le gland de la verge à la naissance. Elle peut être pratiquée soit pour des motifs religieux, soit pour des motifs d'hygiène — cela diminue les risques de maladies vénériennes par exemple —, soit enfin pour des raisons médicales quand la peau enserre trop le gland. Mais à ma connaissance et apparemment à celle d'Hélène, la circoncision n'entraîne pas de différences notables sur le plan de la sensibilité, que ce soit pour le garçon ou pour la fille.

— Ainsi en cette affaire, conclut la demanderesse, chacun risque-t-il de plaider pour sa paroisse !

— C'est le cas de le dire !

— Merde... Je ne sais vraiment pas lequel choisir, se lamente la fille.

— Essaye les deux ! lui suggère Féfé.

— Oui, c'est sans doute ce que je vais faire ! dit la fille avant de se rasseoir dans les rires.

Une adorable gamine de 13-14 ans lui succède. Blonde comme le Fendant du Valais, pleine de taches de rousseur, combinaison rose Naf-Naf. Elle a un papier plié dans sa menotte.

— On a fait comme les autres, annonce-t-elle d'emblée.

— Quels autres ? interroge Hélène en lui souriant, attendrie.

— Ceux de la masturbation.

— Ah bon ?

— Oui. Nous aussi, nous avons plein de questions.

— Sur le même sujet ? demande Papa craignant le pire.

— Non non, Docteur. Nous, c'est sur la grossesse !

— Eh bien, nous t'écoutons. Mais d'abord, comment te nommes-tu ?

— Joëlle Bauvert, de Livry-Gargan !

— Le prénom suffit, le prénom suffit ! rit Papa. Allez Joëlle, nous t'écoutons.

— Il paraît que si on saute à la corde tout de suite après avoir fait la chose, eh bien, on n'est pas enceinte du tout !

— C'est faux, Joëlle !

A la tribune, je les vois bien, ils se mordent tous les lèvres pour ne pas hurler de rire. Joëlle est irrésistible. Et elle le sait, la garce !

— Et si on fait pipi tout de suite après ?

— C'est faux également.

Elle écoute à peine la réponse, se penche vers une de ses copines, regarde sa fiche et pose la question suivante.

— En tout cas, il paraît qu'on ne sera pas enceinte si on n'a pas joui ?

— C'est encore faux, Joëlle. Si le garçon a joui, lui, tu as toutes les chances d'être enceinte, toi. Même si tu n'as pas joui.

— Ah bon !

Elle se gratte l'occiput. Préoccupée.

— Il y a encore quelque chose qui te tracasse, Joëlle ?

— Oui. Je voudrais savoir si cela sert à quelque chose de prendre la pilule avant même qu'on ait commencé à avoir ses règles ?

— Non. A rien du tout.

— Ah, j'ai gagné ! rugit Joëlle. Et elle se tourne vers une de ses copines. Tu me dois cinq balles !

— Est-ce qu'à mon tour, je peux te poser une question, Joëlle ? demande Papa qui cache de plus en plus mal son envie de rire.

— Oui, si elle n'est pas trop personnelle.

— J'aimerais juste connaître ton âge.

— J'ai douze ans et demi.

— Et... Et tu penses déjà à faire l'amour avec un garçon ?

— Ah non Docteur ! Quelle horreur ! Pas pour tout l'or du monde !

— Ouf ! soupire Papa, j'aime autant. Mais alors ? pourquoi toutes ces questions ?

— Ben, c'est comme à la télé !... Pour faire avancer la chose !

Joëlle se rassied sous les ovations. Brouhaha de fin de séminaire.

— Bon, allez, cette fois, c'est fini. La der des der !

— Eh bien voilà, j'aimerais bien que vous nous parlassiez un peu des positions, demande un môme dégingandé qui s'est levé comme une fusée, prenant tous les autres de vitesse.

— Si tu veux, acquiesce le père, la question est valable. Que veux-tu savoir ?

— D'abord, combien il y en a.

— Ouh là ! C'est illimité ! Le Kama-Soutra en a répertorié six cent quarante-huit si mes souvenirs sont exacts.

— Les avez-vous toutes expérimentées ?

— Ah non, pas vraiment ! répond Papa hilare.

Moi non plus, je pense. Pour le moment, même, je n'en connais qu'une. Mais elle me plaît. Et avec Thomas on a toute la vie devant nous.

— Pouvez-vous me dire quelle est la meilleure parmi celles que vous connaissez ?

Papa fronce le nez et se gratte la tête.

— Ça mon vieux, c'est difficile à dire. Cela dépend du goût de chaque individu, de sa culture, de son appartenance à une ethnie, à une civilisation, de ses fantasmes aussi. En France comme dans tous les pays occidentaux, c'est la position du missionnaire qui est la plus pratiquée. Ce n'est pourtant pas la meilleure, loin de là.

— Pourquoi la dénomme-t-on ainsi ?

— Parce que c'est celle que recommandaient les missionnaires quand ils partaient évangéliser des contrées lointaines.

— Comment la pratique-t-on ?

— Rien ne nous sera épargné, soupire Papa. J'y arrive, j'y arrive. La femme est couchée sur le dos, les jambes écartées. L'homme est au-dessus d'elle, en appui sur les genoux et les coudes ou les mains et la pénètre ainsi. C'est une position qui consacre la soumission de la femme à l'homme. Tu vois, celle-ci est jugée tout juste bonne à recevoir en son ventre la semence du mâle.

— Eh bien, moi je la trouve parfaite cette position !

Chœur des Vierges. Et des autres.

— Hou ! Hou ! Phallo ! Macho !

L'autre sourit, l'air de dire venez vous y frotter mes chéries — il est con ce mec, ma parole ! — puis continue :

— En quoi n'est-ce pas la meilleure ?

— Il y a plusieurs raisons mon vieux. D'abord, l'homme écrase la femme de son poids. Ensuite, il ne peut utiliser ses mains pour caresser sa partenaire. Enfin, s'ils sont de taille différente, la femme se retrouvera avec le visage enfoui dans la poitrine de l'homme. Pour l'échange des regards, et Dieu sait qu'ils sont importants en amour, ce n'est pas vraiment le pied.

— Alors que préconisez-vous Doc ?

— Oh je ne sais pas, je ne sais plus ! Il y a dix mille autres solutions. On peut faire l'amour en étant allongés sur le côté, face à face. Ou bien, la femme peut s'installer à califourchon sur le ventre de l'homme. Ou bien celui-ci peut s'installer à genoux derrière elle qui s'est mise à quatre pattes. Et puis, conclut Papa, on peut faire l'amour debout, assis, dans un fauteuil, sur une table, par terre, sur une échelle, sous la douche, dans sa baignoire.

— Dans le train ?

— Dans le train.

— En bateau ?

— En bateau.

— En avion ?

— Oui, mais pas avec le pilote !

Rires. Le questionneur satisfait indique qu'il en a terminé et se rassied. Le père regarde sa montre. Dans l'allée des Crevettes Roses, le grondement est devenu tonnerre d'imprécations. On entend même la voix déchirante d'une mère qui supplie qu'on lui rende son enfant.

— Conclus, conclus ! dit Robert à Papa, qui se lève.

— Ma conclusion sera brève, mes chers enfants. La voici. Aimez-vous les uns les autres. Respectez ceux qui ne pensent pas comme vous. Ne négligez jamais votre partenaire. N'ayez pas honte de votre corps. N'éprouvez pas de dégoût pour celui des autres. N'ayez pas peur des choses de l'amour.

Papa marque une pause puis reprend :

— Voilà, c'est peut-être un peu baba cool tout ce que je viens de vous dire mais vous savez, deux personnes qui font l'amour ont rarement un fusil entre les dents.

Et il se rassied. Tandis que nous nous levons. Et les applaudissements se mettent à crépiter. Les bravos. Les sifflets à l'américaine. On jurerait le concert des Beatles au Sea Stadium. Emus, Hélène, Rô-Rô et Papa saluent en s'inclinant, main dans la main.

J'abandonne Thomas et vais embrasser le père.

Et je reste à leurs côtés, silencieuse, pour regarder le jardin se vider.

Les mômes se sourient, se parlent, commentent. Des petits groupes se forment, partant à regret vers la grille. Ah ! y en a plus d'un arrivé seul qui repart en compagnie. J'en sais quelque chose.

Et c'est joli, émouvant. Dans les jours qui viennent, comme Thomas et moi, Charlotte et Jean-Marie, Véro et Michel, France et Didier, Malvina et Féfé, ils vont se chercher, se cogner, se trouver, se promettre, s'aimer, se faire mal, se quitter, se retrouver.

S'oublier ? Non, ça je ne le crois pas.

On n'oublie jamais son premier amour.

Une heure à peine après le départ du dernier congressiste, la villa « Harold et Jôse » a retrouvé son apparence normale. Nous nous y sommes tous mis. Ramassage des boîtes alu, mégots, trognons de pommes, noyaux de prunes, détritus divers. Vaisselle. Lavage du sol dans les toilettes. Jean-Marie et Thomas ont arrosé l'herbe d'abondance pour l'aider à se redresser après le passage des Huns et des autres. Seuls, Hélène, Papa et Rô-Rô ont été dispensés de toute corvée. Leur show a quand même duré plus de quatre heures. Ils gisent, écroulés dans des transats, sur le perron, apparemment aussi vidés que les deux cadavres de Veuve Clicquot posés à leurs pieds.

Et maintenant, vient le moment que nous attendons tous : l'heure du bilan financier. Sans aucun doute, la recette est colossale. En petite monnaie malheureusement mais gigantesque, inespérée.

Chaque responsable de département trône à la table devant ses piles de piécettes tandis que Jérôme s'est installé en bout, prêt à greffer les chiffres sur son bloc.

— Bien, bien, dit Robert, on peut y aller ?

Oui, on peut.

— Michel ? Le parking ?

— Recette parking mob : 395 net. Plus 17 F de pourboires. Et une pièce de 20 shillings, 20 lires italiennes, deux jetons de téléphone et un billet de dix dinars tunisiens. Plus, retrouvés sur place, un haut de maillot de bain taille... voyons voir, taille 82, un briquet Ouest-France, une pellicule Kodak et un porte-cartes en plastique, avec dedans une photo de Sophie Marceau en tee-shirt et une carte de réduction SNCF 30 % au nom de... au nom de Cyril Lambert !

— Je le connais, je le connais, annonce Didier. Je pourrai lui rendre le tout demain au Country.

— Très bien, dit Papa, tu n'oublies pas. Et tu lui rends tout cela gratuitement, hein Didier, tu n'essayes pas de le négocier.

— Ah bon ? répond Didier pas convaincu.

— Absolument. Maintenant, nous passons à la recette entrées et locations. C'est toi Malvina ou c'est Féfé ?

— C'est moi, dit Malvina. Enfin Féfé, Jérôme et moi avons chacun compté. Et nous trouvons la même chose.

— Grande nouvelle, narquoise Rô-Rô. How much ?

— Ben, c'est fou ! c'est inespéré ! Regardez plutôt ! rugit Féfé tout en retirant d'un geste ample le torchon qui dissimulait à nos yeux les piles de pièces et la boîte à cigares emplie de billets.

Hallucinant. The Ali Baba's trésor.

— 418 spectateurs payants ! 8 360 francs ! Y a pas l'ombre d'une erreur. Ohé les mecs, vous avez entendu ? 8 360 balles ! Net !

— C'est bien simple, rigole Michel, on aurait fait venir The Cure, on n'aurait pas fait plus d'oseille.

Chacun à son tour, on vient saluer l'artiche. Eberlués, un peu effrayés. Les casseurs du train postal, après avoir ouvert le dernier sac, ils devaient faire ce genre de tronche.

— J'ai jamais vu autant de pognon de ma vie !

soupire Charles — il s'appelle Charles — le CRS. On dirait la paye trimestrielle de toute ma compagnie !

— Y a pas, commente Robert impressionné, Alexandre, tu as eu là une grande idée.

— J'ai juste trouvé un créneau, laisse tomber Papa modeste. Mais il sourit comme un p-dg de la République qui vient de remonter d'un demi-point dans les sondages.

— Et la bouffe ? Et les boissons ? interroge Jérôme, stylo à la main. Ça ne doit pas être triste non plus.

— C'est bien simple, répond Jean-Marie, je n'ai même pas fini de tout compter ! Mais comme ça, à vue de nez, je peux vous dire qu'on dépasse et de loin les 5 000 F !

— Pour quel investissement de départ, Malvina ?

— Attends Alexandre, il faut que je reprenne les factures. — Elle les parcourt vite de l'œil et compte sur ses doigts —. 1 500-1 600 maximum.

— Aaah ! La culbute est belle ! s'exclame Rô-Rô qui s'y connaît en galipettes.

— Restent donc les toilettes. France ? Didier ?

— 92 F. Plus 13 de pourboires, mais les pourboires on avait dit qu'on les gardait.

— D'accord, d'accord.

— La brique est largement dépassée, annonce Jérôme triomphant en reposant son stylo. Très largement dépassée, même.

On s'embrasse, on s'étreint, on farandole. Quel pied ! Quelle aventure ! Hier, nous n'avions rien et là aujourd'hui nous avons l'apport initial pour un deux pièces Merlin-Plage ou Ribourel !

— L'aventure est grande, ronronne Féfé. Maintenant, il s'agit de voir comment nous allons partager le magot. Alors, d'abord, combien sommes-t-on ?

— Une minute Féfé, l'interrompt Papa. Avant toute chose, nous nous devons de constituer une réserve de sécurité. Une somme à laquelle personne ne touchera avant deux mois.

— Comment ? Mais ça va pas Papa ? T'es allumé du cigare ou quoi ? tonne Féfé, ses British moustaches en bataille.

— Je vais très bien, rassure-toi Dugland ! Nous devons simplement prévoir le pire. Notre petite fête a fait beaucoup, beaucoup de bruit dans la région. Plus que nous ne l'imaginons tous. Nous risquons donc de voir rappliquer dans les jours qui viennent, les polyvalents, l'URSAFF, les impôts locaux, la Sécu, le Chômdu, la Sacem, le denier du culte, la taxe professionnelle, la TVA, les gardiens de squares assermentés, les musiciens hostiles à l'usage du play-back dans les émissions en direct, les cueilleurs de champignons vénéneux, les œuvres sociales de la mairie, le syndicat des strip-teaseuses bretonnes, les orphelins de la police, les veuves de marins-prêcheurs, les viticulteurs victimes de la sécheresse et ceux victimes des inondations.

Consternation générale. Oh ? Tu crois ? Vraiment ?

— Alexandre a tout à fait raison, approuve Robert. Notre seule chance est que le mois de juillet touche à sa fin et que nous allons malheureusement tous nous disperser aux quatre vents mais le risque existe et, en bons gestionnaires que nous sommes, nous devons nous prémunir contre cette éventualité. Il me paraît donc raisonnable de mettre 4 000 F de côté et le reste, vous pouvez vous le partager.

— Soit, dit Jérôme, on se partage le reste après vous avoir payés.

— Non ! dit Papa.

— Non ! dit Robert.

Ça y est ! Ils sont redevenus fous, ma parole !

— Attendez ! dit Jean-Marie. On ne doit pas très bien se comprendre. Combien souhaitez-vous recevoir pour votre prestation ?

— Rien !

— Mais enfin pourquoi ?

— Ce succès est le vôtre mes enfants. Vous y avez tous grandement contribué. Incluez Hélène, si elle le souhaite, dans votre partage mais ne nous y comptez pas.

— Mais Papa, j'intercède, vous n'avez plus un sou, ni toi ni Rô-Rô.

— C'est exact mais nous avons cela !

Et, d'un geste théâtral, Papa extirpe de la poche kangourou de sa djellaba une carte de visite. Que l'on se passe respectueusement de main en main : « Paulus Leaderwoman — L'Imprésario des Stars. »

— Qu'est-ce que cela veut dire ? je demande.

— Le fils de Leaderwoman était dans l'assistance, me répond Papa pas peu fier. Au moment de partir, il est venu nous remettre cette carte et nous a dit de ne surtout pas traiter ailleurs avant d'avoir eu son père au téléphone.

— Qui c'est ce mec ? questionne Charlotte, pas très branchée show-biz.

— Leaderwoman, c'est le type qui a lancé toutes les grandes stars de ces dernières années !

— Putain ! laisse tomber Féfé, menton décroché. Alors, il va faire de vous des vedettes ?

— Exactly mon pote !

Et le téléphone sonne !

C'est Leaderwoman qui appelle depuis sa suite du Castel Marie-Louise.

La conversation dure deux minutes à peine. Papa parle, Robert écoute. Nous, dans le jardin, on reste figés. Jubilant mais à voix basse pour ne pas troubler les pourparlers.

Quand ils reviennent parmi nous, leur visage est

inexpressif. D'accord, on va encore avoir droit à une séance de cinoche gratuite.

— Alors ? Alors ?

— Eh bien, annonce Papa très cérémonieux mais qu'on sent au bord de la jouissance intégrale, voici ce qu'il nous propose. Trois mois, dès la rentrée, à la Salle Pleyel ! On fait notre conférence, avec vous pour faire la claque, vous serez payés, tous les jours en matinée. Avec, en lever de rideau, un chanteur, il ne sait pas encore lequel. Ou Goldman, ou Renaud, ou Higelin. Une brique pour Robert, une brique pour moi, chaque jour. Plus les frais ! Et ensuite, une tournée de six mois en province !

— Comment cela ? questionne Jean-Marie, il nous engage sans même nous avoir vus ou entendus ?

— Il avait confié une minicassette à son môme et le petit salaud a tout enregistré ! explique Robert.

Alors, d'un seul coup, les nerfs lâchent. Chacun hurle sa joie. On les porte en triomphe.

Merci mon Dieu ! Voilà Papa enfin sorti de la mouise !

Quand ça se calme, je pose, par acquit de conscience, une dernière question.

— Papa ? Vous avez dit oui, bien sûr ?

— Non ! me répond Papa. Nous avons dit que nous allions y réfléchir ! Et maintenant, il n'y a plus qu'à attendre la relance !

Et, tandis que je me sens des envies de meurtre, mon père éclate de rire. Ah, il aura joué dans sa vie, ce mec. Sur sa tombe, on pourra faire graver : « Ci-gît un beau flambeur ».

Du coup, il part en galopant dans le jardin, étreint les pins, fait le canard, embrasse les roses, fauche les marguerites, course le chat, djellaba relevée jusqu'aux cuisses.

Ça dure bien quatre minutes. On le contemple,

attendris, riant, fascinés. Et ce qui devait arriver arrive.

En prenant son dernier virage sur l'aile dans le gravier, Papa dérape. Et s'étale. Lourde chute.

Quelques secondes d'un silence pétrifié puis il entame sa mélopée.

— Aaaaïe ! Aaaaïe ! Putain, mon pied, ma jambe ! Aïe, aïe, aïe !

Hélène se précipite la première, suivie de Charles le CRS qui a son brevet de secourisme. Papa reste à terre, hurlant de plus belle. Doucement, Hélène palpe la partie douloureuse et se relève, le visage grave.

— Dans le meilleur des cas, ce n'est qu'une entorse mais c'est peut-être bien une fracture. Il faut l'emmener à l'hôpital tout de suite !

Féfé, Jean-Marie, Michel et Thomas le soulèvent précautionneusement — « Franchement Alexandre, ce n'est plus de votre âge ! » — et le transportent jusqu'à la Deuche que Robert est allé chercher. Hélène s'installe devant tandis que je monte derrière avec Papa et Thomas.

A l'instant où la voiture va s'ébranler, précédée de Charles juché sur sa BMW de service, tous gyrophares et sirènes branchés, Papa — Féfé est allé lui chercher un cigare et le lui a glissé au bec tout allumé — se penche à la fenêtre :

— Ce n'est rien, ce n'est rien ! Nous serons de retour dans une heure à peine. Alors, profitez-en pour préparer la bouffe. Et gala hein, if you please !

— Tout sera prêt Alexandre, le rassure Malvina. J'ai commandé ce matin un souper fin au Petit Goinfre. Foie gras, huîtres et gigot. Ils doivent venir livrer d'un instant à l'autre. On prépare tout !

— Alors ça va, dit Papa et il se laisse aller au fond de son siège, le visage grimaçant, tandis que Robert embraye et que Charles nous ouvre pin-pon la route.

— Aïe Robert ! Doucement les vitesses, merde ! J'ai une jambe cassée !

— Mais non, mais non, apaise Hélène, tout au plus une grosse foulure.

— Ah bon ! dit Papa. Et il passe à autre chose : Dis donc Raph, qu'est-ce que tu as fait des deux asticots que je t'avais donnés ?

— Ben, ils sont dans ma chambre. Dans ma trousse de toilette, je crois.

— Bon, bon. Dès qu'on revient, tu vas les chercher en douce et tu les planques dans la salade. Ah, ah, ah ! On va bien se marrer.

Et il s'endort en geignant.

Le lendemain matin, aux environs de 11 h 30, l'hélicoptère affrété par les Lalicorne à l'aéroport de Saint-Nazaire atterrit en plein milieu de la pelouse.

Josyane s'en extrait la première et aide Harold, jambe dans le plâtre et béquilles, à en descendre. Papa s'en vient à leur rencontre. Cheville bandée et béquilles.

En le voyant ainsi affublé, Harold hurle de rire.

— Sacré Alexandre ! Toujours aussi farceur !

Et pof ! il lui administre sur la guibolle un gigantesque coup de béquille. Papa tombe à la renverse dans le gazon en hurlant de douleur.

Tandis que Robert veut casser la gueule à Harold Lalicorne, décidément toujours aussi con, Hélène fait une piqûre calmante au père. Qu'on retransporte aussi sec jusqu'à son lit de douleur tandis que Malvina invective son vieux, confus.

Papa ne se réveille qu'à 17 heures. La foulure va mieux mais le blues est là.

— Isabelle arrive demain, nous dit-il à Thomas et moi, j'aurais tant aimé lui faire une jolie fête mais dans cette maison de dingues ce n'est pas envisageable. D'autant qu'avec le retour des Lalicorne, je n'ai même plus de chambre.

— Allez à l'hôtel, Papa. Faites la noce ! Louez-vous une suite somptueuse et sors le grand jeu ! Caviar et champagne !

— Ah oui ? Et tu crois qu'ils m'ont attendu à La Baule pour louer leurs suites royales un 24 juillet ?

— Monsieur, je vous prête ma chambre ! laisse tomber Thomas, grand seigneur.

Je l'aime ce mec !

— Tu es à quel hôtel ? demande Papa.

— A l'Hermitage. C'est le grand luxe. J'ai une chambre super avec vue sur la mer, télé couleur et air conditionné.

— C'est gentil, c'est très gentil Thomas. Mais toi, où dormirais-tu ?

— Ben, dans la chambre de Raphaële.

— Ah non ! Ça, il n'en est même pas question !

— Mais j'y ai déjà dormi cette nuit, monsieur !

— Ah bon ? Vous m'avez fait ça ? Pendant que j'agonisais ?

Je souris. Y aura pas d'orage. Papa est sous calmant.

— Il faut que je réfléchisse, nous annonce-t-il, je reconnais que la proposition est tentante. Mais il y a tes parents, Thomas ?

— Mes parents ne seront au courant de rien. Demain soir, avec Raph, nous avons prévu de dîner en leur compagnie. Ils ont demandé à faire sa connaissance. Après, on leur dira qu'on va danser et l'on reviendra ici en catimini. Et vous, pendant qu'on sera en train de dîner en bas, vous emmenez Isabelle dans ma chambre, je vous aurai donné la clé, vous appelez le Room Service et vous vous faites servir un petit souper fin sur le balcon. Evidemment, euh, la seule chose que je vous demanderai sera de payer vos extra.

— Bien entendu, bien entendu. Ma foi, cela ne me paraît pas mal comme stratagème, on en reparlera tout à l'heure, là, il faut que je pique encore un petit roupillon, les médicaments d'Hélène m'assomment complètement. Tiens, à propos, où sont-ils les deux tourtereaux ?

— Ils sont allés s'installer chez Jérôme. Comme cela, tu as un grand lit pour toi tout seul.

— C'est sympa. Mais, dans ces conditions, demain soir, je peux très bien rester là avec Isabelle.

— Papa, tu sais bien qu'Isabelle crie quand vous faites l'amour ! Alors là, en plus, comme vous ne vous êtes pas vus depuis quinze jours !

— Oui, évidemment.

— Et puis, en plus, d'aller à l'Hermitage, ça mettra du piment, ça vous rappellera votre voyage de noces au Novotel de Bagnolet !

A l'époque, mon père avait quelques soucis d'ordre financier.

— A l'Hermitage, continue Thomas, vous pourrez faire tout le bruit que vous souhaitez. Il y a un double vitrage et ma chambre est au 4e étage alors que celle de mes parents est au 1er.

— Bon, bon, merci, on avisera. Maintenant, il faut que je dorme. Réveillez-moi pour le dîner.

Mais Hélène, au téléphone, nous dira qu'il est plus sage de le laisser dormir tout son soûl. Et Papa se réveillera le lendemain à 10 heures, en frappant son sol, mon plafond, avec sa béquille et en hurlant qu'il a les crocs, bordel.

Un quart d'heure plus tard à peine, je lui monterai son plateau, black café et œufs-bacon. Accompagné d'un pli que le chauffeur d'une Mercedes 600 vient de déposer à son nom et celui de Robert.

C'est la proposition de contrat Leaderwoman. Comme il n'a eu aucune nouvelle de ses deux futurs poulains, il relance de 5 000 : une brique et demie pour chacun par jour.

— Tu vois, me dit Papa, ça valait le coup de s'entorser la chevillette, la bobinette a cherré.

Vers 15 heures, je pars avec Tonton chercher Isabelle à la gare.

En ne voyant pas Papa sur le quai, elle porte une main à ses lèvres et pâlit. On la rassure très vite. Qu'on a préféré laisser le père dans le jardin, jambe étendue. Non, non, ce n'est rien, juste une foulure. Et on commence à lui raconter. Tout. Et rien. Dans le désordre. Pas si facile que ça de devoir résumer en quelques flashes près d'un mois de vacances. Durant lesquelles se sont passées tant et tant de choses.

Alors, tout défile pêle-mêle. La bande, les Italiens, les fous rires, la conférence, Thomas, les asticots, Leaderwoman, Hélène, le casino, Fox-Trot, les Lalicorne.

Isabelle nous écoute en hurlant de rire.

Elle est belle. Bronzée, reposée, déstressée, pressée de revoir Papa. Ça va, je peux dormir sur mes deux oreilles : ils s'aiment toujours ces deux-là.

Pour qu'elle soit vraiment au parfum de tout avant que l'on ne débarque allée des Crevettes, Robert multiplie tours et détours, lui faisant ainsi découvrir La Baule, l'Esplanade, le Country, l'avenue Charles-de-Gaulle, le cazingue, les grands hôtels, le port. On parcourt trois fois le boulevard de l'Océan. Au ralenti.

Puis quand elle a à peu près tout assimilé et

qu'elle nous a, à son tour, brièvement raconté le Maroc, Robert bifurque vers le résidentiel et l'on gare la Deuche devant la villa.

Leurs retrouvailles font bonheur à voir. Isabelle se penche émue vers Papa qui joue les très malheureux et elle l'embrasse longuement, genre Autant n'en emporte pas le vent.

Dans les minutes qui suivent, les membres de la bande viennent deux par deux, même Jérôme et Charles, saluer la nouvelle et voir la tête que peut bien avoir celle qui est assez héroïque pour pouvoir supporter le père et ses délires.

Visiblement, elle plaît. Alors, à chaque nouvelle arrivée, ça repart dans les frasques, les exploits, les vannes, les rires. Quand ce n'est pas Papa, c'est Rô-Rô et quand ce n'est pas Féfé, c'est Jean-Marie. Y a du petit cœur partout, même chez les Lalicorne qui se bisouillent comme s'ils étaient tout juste fiancés.

A 19 heures, comme prévu, Thomas et moi nous mettons en route pour l'Hermitage. Tout a été réglé à la seconde près. Robert et Hélène déposeront Isabelle et Papa devant l'hôtel à 20 h 30, heure à laquelle nous serons déjà installés dans la grande salle à manger en compagnie des parents de Thomas. En possession de la clé, ils n'auront plus qu'à monter directement en essayant de ne pas se faire repérer par les concierges.

Le dîner se déroule sans anicroches. Bien sûr, il y a quelques silences mais c'est normal après tout. On ne se connaît pas encore. Heureusement, Véro vient nous rejoindre avec Michel au moment des desserts et ça allège un peu l'atmosphère. A 22 heures, il ne reste plus un gramme de mousse au chocolat amer et Thomas déclare à ses vieux que nous partons danser au Tropicana, le night-club du casino où Harold Lalicorne a réservé trois tables pour toute la bande. Au revoir madame, au revoir monsieur. Bisous.

A peine dans le hall, Thomas m'annonce que merde ! il a encore oublié sa brosse à dents pour demain matin. On prend l'ascenseur. Mais, sur le palier, nous comprenons vite que demain au réveil Thomas devra se tartiner les quenottes à l'index.

Un ululement doux, persistant comme une corne de brume mais sans équivoque s'échappe de la chambre 439. Visiblement, les Kama-Soutristes ont prévu dans leur bouquin une pose permettant à un homme à la cheville foulée de néanmoins se défouler. Et Isabelle est en train de faire savoir, urbi et orbi, à la clientèle un peu guindée de l'Hermitage que l'on peut finalement très bien atteindre le Septième Ciel depuis un quatrième étage.

Avec Thomas, nous rebroussons chemin en riant, rejoignons Véro et Michel qui nous attendent devant l'hôtel et prenons la direction du Tropicana tout proche. Quand nous y débarquons, tout le monde est déjà là mais ça baye aux corneilles. Normal. Une fois que les jeux sont faits, les boîtes sont finalement assez casse-bonbons. Or, en ce qui concerne notre bande, il n'y a plus vraiment de suspens. Chacun a sa chacune.

Au bout de trois quarts d'heure de politesse, Thomas et moi nous éclipsons à l'anglaise, pour partir nous balader sur la plage. Main dans la main. Serrés l'un contre l'autre. Sûrs et certains qu'avant nous il n'y en a jamais eu des qui s'aimaient autant. Et que la mer n'a jamais dansé aussi joliment sous les étoiles.

A minuit et quart, on est au plum' et j'aime ça !

Le lendemain vers midi, lorsque Isabelle et Papa débarquent en taxi, je suis en train de dresser la table du déjeuner en compagnie de Malvina.

— Rajoute deux couverts ! me demande Papa.

Je vais pour lui dire que ça y est, c'est déjà fait, comment il le sait, mais il ne me laisse pas le temps de parler.

— Mets deux couverts supplémentaires, je te dis Raph. Nous avons invité les parents de Thomas.

— Mes parents ? sursaute Thomas qui lézarde au soleil.

— Eh oui mon vieux ! Il a bien fallu !

— Il a bien fallu ?

— Que voulais-tu que je fasse d'autre quand on les a vus rappliquer dans notre chambre, à 9 heures du matin, en chantant « Happy Birthday » ?

— Happy Birthday ?... Oh merde ! J'avais complètement oublié ! On est le 25 ?

— Oui, nous sommes le 25 et à en croire tes parents tu serais né un 25 juillet !

— Oh là là, soupire Thomas en portant la main à son front, j'avais complètement oublié.

— C'est ton anniversaire ? je demande à Thomas en en profitant pour l'embrasser.

Mais il me repousse, doucement. Contrarié.

— Ils ont gueulé ?

— Non, répond Isabelle, mais ils avaient l'air un peu surpris quand même. Et nos explications ont dû leur paraître légèrement fumeuses. Enfin, nous avons fini par tous en rire. Ils nous rejoignent vers 13 heures et ils apportent le gâteau et les bougies.

— Putain ! s'excuse encore Thomas, ça m'était vraiment complètement sorti du ciboulot.

Du coup, cela me rappelle que moi aussi j'ai quelque chose d'important à annoncer à Papa à propos des deux couverts supplémentaires.

— Papa, Steph est là !

— Quoi ! Mon fils ? Mon fils à moi, il est de retour ! Où ? Où est-il ?

— Il dort dans ta chambre. Il est sur les genoux à cause du décalage horaire.

Papa est déjà debout et fonce en boitillant vers l'escalier.

— Attends, attends Papa ! Tu ne sais pas tout ! Il faut que je t'explique. Il n'est pas seul ! Il a ramené une fiancée d'Amérique !

— Une fiancée ? Quoi ? Mon fils, il est fiancé ?

— Oui, enfin Papa, c'est tout comme. Concubinage notoire, quoi. Mais il vaudrait mieux que je t'explique...

Trop tard ! Ladite fiancée vient de faire son apparition dans l'encoignure de la porte-fenêtre, vêtue d'un peignoir blanc.

Plus Noire qu'elle tu meurs !

Elle s'approche de Papa, enjôleuse, ravissante.

— Hello Darling ! Are you Alexandre ?

— Qu'est-ce que c'est que ça ? me demande Papa en reculant.

— C'est Mahalia, Papa ! La fiancée en question ! Elle est chanteuse de negro spirituals dans la chorale baptiste de Washington DC !

— Putain ! il ne nous manquait plus que ça !... Une protestante !

Ce qu'il y a de chiant à la longue avec mon père, c'est qu'il n'est jamais content.

Cinéma et TV

De nombreux romans publiés par J'ai lu ont été portés à l'écran ou à la TV. Leurs auteurs ne sont pas toujours très connus ; voici donc, dans l'ordre alphabétique, les titres de ces ouvrages :

A la poursuite du diamant vert 1667 ***	Joan Wilder
Alien 1115 ***	Alan Dean Foster
Aliens 2105 ****	Alan Dean Foster
Angélique, marquise des anges	
L'ami Maupassant 2047 **	Guy de Maupassant
L'année dernière à Marienbad 546 **	Alain Robbe-Grillet
L'Australienne 1969 **** & 1970 ****	Nancy Cato
Blade Runner 1768 ***	Philip K. Dick
Bleu comme l'enfer 1971 ****	Philippe Djian
La brute 47 ***	Guy des Cars
Cabaret (Adieu à Berlin) 1213 ***	Christopher Isherwood
Carrie 835 ***	Stephen King
Châteauvallon 1856 ****, 1936 **** & 2140 ****	Eliane Roche
Christine 1866 ****	Stephen King
La couleur pourpre 2123 ***	Alice Walker
Coulisses 2108 *****	Alix Mahieux
Cujo 1590 ****	Stephen King
Dallas 1387 **** & 1550 ****	Burt Hirschfeld
Des fleurs pour Algernon 427 ***	Daniel Keyes
2001 - l'odyssée de l'espace 349 **	Arthur C. Clarke
2010 - Odyssée deux 1721 ***	Arthur C. Clarke
Le diamant du Nil 1803 ***	Joan Wilder
Dynasty 1697 ** & 1894 ***	Eileen Lottman
E.T. l'extra-terrestre 1378 ***	Spielberg/Kotzwinkle
E.T. la planète verte 1980 ***	Spielberg/Kotzwinkle
L'exorciste 630 ****	William Peter Blatty
Les exploits d'un jeune don Juan 875 *	Guillaume Apollinaire
Le faiseur de morts 2063 ***	Guy des Cars
Fanny Hill 711 ***	John Cleland
Fletch 1705 ***	Gregory Mcdonald
Le Gerfaut 2206 ****** & 2207 ******	Juliette Benzoni
Isaura 2200 **	Bernardo Guimaraes
Jonathan Livingston le goéland 1562 * illustré	Richard Bach

Joy 1467 ** & **Joy et Joan** 1703 **	Joy Laurey
Kramer contre Kramer 1044 ***	Avery Corman
Le lendemain du crime 2199 **	Eileen Lottman
L'arme fatale 2231 ****	Joel Norst
Love story 412 * & **Oliver's story** 1059 **	Erich Segal
Mad Max au-delà du dôme du tonnerre 1864 ***	Joan D. Vinge
Michigan Mélodie 1289 **	Jacqueline Monsigny
9 semaines 1/2 2259 **	Elizabeth McNeill
Mission 2092 ***	Robert Bolt
Les oiseaux se cachent pour mourir 1021 **** & 1022 ****	Colleen McCullough
Orphée 2172 **	Jean Cocteau
Le paltoquet (On a tué pendant l'escale) 1647 ***	F.-R. Falk
Pavillons lointains 1307 **** & 1308 ****	M.M. Kaye
La petite boutique des horreurs 2202 *** illustré	R. & L. Egan
Platoon 2201 ***	Dale A. Dyle
Police 2021 ***	Catherine Breillat
Poltergeist I 1394 ***	James Khan
Poltergeist II 2091 **	James Khan
Racines 968 **** & 969 ****	Alex Haley
Rencontres du troisième type 947 **	Steven Spielberg
Rosemary's baby 342 ***	Ira Levin
Sauve-toi, Lola ! 1678 ****	Ania Francos
Le secret de la pyramide 1945 ***	Alan Arnold
Le secret de mon succès 2216 ***	Martin Owens
Shining 1197 ****	Stephen King
Star Trek 1071 **	Gene Roddenberry
Terminus 2122 **	Patrice Duvic
Thérèse Humbert 1838 **	Laurence Oriol
37°2 le matin 1951 ****	Philippe Djian
Les 39 marches 1862 **	John Buchan
Tropique du crabe 2198 ***	André Rossfelder
Un mari c'est un mari 823 **	Frédérique Hébrard
Vas-y maman 1031 **	Nicole de Buron

Romans policiers

On a trop longtemps cru en France qu'il n'existait que deux sortes de romans policiers : les énigmes classiques où l'on se réunit autour d'une tasse de thé pour désigner le coupable, ou les romans noirs où le sexe et le sang le disputent à la violence. Des auteurs tels que Boileau-Narcejac, Ellery Queen, Ross Macdonald, Demouzon démontrent qu'il existe une troisième voie, la plus féconde, où le roman policier est à la foie œuvre littéraire et intrigue savamment menée.

ARNOLD Alan	**Le secret de la pyramide** 1945 ***
BAYER William	**Une tête pour une autre** 2085 ****
BOILEAU-NARCEJAC	**Les victimes** 1429 **
	Usurpation d'identité 1513 ****
BUCHAN John	**Les 39 marches** 1862 **
DEMOUZON Alain	**Adieu, La Jolla** 1207 ***
	Quidam 1587 ***
	La pêche au vif 1779 ***
	Château-des-Rentiers 2178 **
FALK Franz Rudolf	**On a tué pendant l'escale (Le paltoquet)** 1647 ***
FRANCIS Dick	**Le banquier** 2149 ****
FULLER Samuel	**La grande mêlée** 2118 ***
GARDNER Erle Stanley	**La vierge vagabonde** 1780 ***
	L'avocat du diable 2073 ***
	La prudente pin-up 2222 ***
IMBROHORIS Jean-Pierre	**La trajectoire** 1934 ****
	Toska 2245 ***
LEBRUN Michel	**Caveau de famille** 2033 **
LEONARD Elmore	**Stick** 1888 ***
LOTTMAN Eileen	**Le lendemain du crime** 2199 **
McBAIN Ed	**Pour des haricots** 1875 ***
	Blanche Neige et Rose Rouge 2072 ***
	Lightning 2177 ***
MCDONALD Gregory	**Fletch** 1705 ***
	Le culot de Fletch 1812 ***
	Fletch et les femmes mortes 1903 ***
	Fletch à Rio 2010 ***
	Fletch joue et gagne 2288 *** (déc.87)

MACDONALD Ross	*Le frisson* 1573 ***
	La face obscure du dollar 1687 ****
	La côte barbare 1823 ***
	A chacun sa mort 1959 ***
	La grimace d'ivoire 2034 ***
	Cadavre en eau douce 2133 ***
	Il est passé par ici 2246 ***
NORST Joel	*L'arme fatale* 2231 ****
PÉRISSET Maurice	*Périls en la demeure* 2221 **
QUEEN Ellery	*La ville maudite* 1445 ***
	Le roi est mort 1766 ***
	Le mot de la fin 1797 ***
	Un bel endroit privé 1811 ***
	Le quatre de coeur 1876 ***
	Le mystérieux Monsieur X 1918 ***
	L'arche de Noé 1978 ***
	La dernière femme de sa vie 2052 ***
	Le mystère du théâtre romain 2103 ***
	Les dents du dragon 2148 ***
	La maison aux étrangers 2192 ***
	Les quatre côtés du triangle 2276 ***
QUENTIN Patrick	*Puzzle pour fous* 1994 ***
	Puzzle pour acteurs 2260 *** (oct.87)
SADOUL Jacques	*L'héritage Greenwood* 1529 ***
	La chute de la maison Spencer 1614 ***
SAYERS Dorothy L.	*Le mort de la falaise* 1889 ****
	Noces de crime 1995 ****
SPILLANE Mickey	*En quatrième vitesse* 1798 ***
THOMAS Louis C.	*Manie de la persécution* 2009 **
VILAR Jean-François	*Passage des singes* 1824 ***
	État d'urgence 2163 ***

Littérature

extrait du catalogue

Cette collection est d'abord marquée par sa diversité : classiques, grands romans contemporains ou même des livres d'auteurs réputés plus difficiles, comme Borges, Soupault, Goes. En fait, c'est tout le roman qui est proposé ici, Henri Troyat, Bernard Clavel, Guy des Cars, Alain Robbe-Grillet, mais aussi des écrivains tels que Moravia, Colleen McCullough ou Konsalik.

Les classiques tels que Stendhal, Maupassant, Flaubert, Zola, Balzac, etc. sont publiés en texte intégral au prix le plus bas de toute l'édition. Chaque volume est complété par un cahier photos illustrant la biographie de l'auteur.

ADAMS Richard	**Les garennes de Watership Down** 2078 ******
ADLER Philippe	**C'est peut-être ça l'amour** 2284 *** (déc. 87)
AKÉ LOBA	**Kocumbo, l'étudiant noir** 1511 ***
AMADOU Jean	**Heureux les convaincus** 2110 ***
ANDREWS Virginia C.	Fleurs captives :
	- Fleurs captives 1165 ****
	- Pétales au vent 1237 ****
	- Bouquet d'épines 1350 ****
	- Les racines du passé 1818 ****
	Ma douce Audrina 1578 ****
APOLLINAIRE Guillaume	**Les onze mille verges** 704 *
	Les exploits d'un jeune don Juan 875 *
AUEL Jean-M.	**Les chasseurs de mammouths** 2213 ***** & 2214 *****
AVRIL Nicole	**Monsieur de Lyon** 1049 ***
	La disgrâce 1344 ***
	Jeanne 1879 ***
	L'été de la Saint-Valentin 2038 **
	La première alliance 2168 ***
BACH Richard	**Jonathan Livingston le goéland** 1562 * illustré
	Illusions 2111 **
	Un pont sur l'infini 2270 ****
BALZAC Honoré de	**Le père Goriot** 1988 **
BARBER Noël	**Tanamera** 1804 **** & 1805 ****
BATS JOËL	**Gardien de ma vie** 2238 ***
BAUDELAIRE Charles	**Les Fleurs du mal** 1939 **
BEAULIEU PRESLEY Priscillia	**Elvis et moi** 2157 ****

BENZONI Juliette	***Marianne*** 601 **** & 602 ****
	Un aussi long chemin 1872 ****
	Le Gerfaut 2206 ******
	Un collier pour le diable 2207 ******
BLOND Georges	***Moi, Laffite, dernier roi des flibustiers*** 2096 ****
BOLT Robert	***Mission*** 2092 ***
BORGES & BIOY CASARES	***Nouveaux contes de Bustos Domecq*** 1908 ***
BOVE Emmanuel	***Mes amis*** 1973 ***
BOYD William	***La croix et la bannière*** 2139 ****
BRADFORD Sarah	***Grace*** 2002 ****
BREILLAT Catherine	***Police*** 2021 ***
BRISKIN Jacqueline	***Paloverde*** 1259 **** & 1260 ****
	Les sentiers de l'aube 1399 **** & 1400 ****
BROCHIER Jean-Jacques	***Odette Genonceau*** 1111 *
	Villa Marguerite 1556 **
	Un cauchemar 2046 **
BURON Nicole de	***Vas-y maman*** 1031 **
	Dix-jours-de-rêve 1481 ***
	Qui c'est, ce garçon ? 2043 ***
CALDWELL Erskine	***Le bâtard*** 1757 **
CARS Guy des	***La brute*** 47 ***
	Le château de la juive 97 ****
	La tricheuse 125 ***
	L'impure 173 ****
	La corruptrice 229 ***
	La demoiselle d'Opéra 246 ***
	Les filles de joie 265 ***
	La dame du cirque 295 **
	Cette étrange tendresse 303 ***
	La cathédrale de haine 322 ***
	L'officier sans nom 331 **
	Les sept femmes 347 ****
	La maudite 361 ***
	L'habitude d'amour 376 **
	Le Grand Monde 447 **** & 448 ****
	La révoltée 492 ****
	Amour de ma vie 516 ***
	Le faussaire 548 ****
	La vipère 615 ****
	L'entremetteuse 639 ****
	Une certaine dame 696 ****
	L'insolence de sa beauté 736 ***
	L'amour s'en va-t-en guerre 765 **

	Le donneur 809 **
	J'ose 858 **
	De cape et de plume 926 *** & 927 ***
	Le mage et le pendule 990 *
	Le mage et les lignes de la main... et la bonne aventure... et la graphologie 1094 ****
	La justicière 1163 **
	La vie secrète de Dorothée Gindt 1236 **
	La femme qui en savait trop 1293 **
	Le château du clown 1357 ****
	La femme sans frontières 1518 ***
	Le boulevard des illusions 1710 ***
	Les reines de coeur 1783 ***
	La coupable 1880 ***
	L'envoûteuse 2016 *****
	Le faiseur de morts 2063 ***
	Sang d'Afrique 2291 *****
	La vengeresse 2253 ***
CARS Jean des	**Sleeping Story** 832 ****
	Louis II de Bavière 1633 ***
	Elisabeth d'Autriche (Sissi) 1692 ****
CASTELOT André	**Les battements de coeur de l'Histoire** 1620 ****
	Belles et tragiques amours de l'Histoire 1956 **** & 1957 ****
CASTRIES duc de	**Madame de Récamier** 1835 ****
CATO Nancy	**L'Australienne** 1969 **** & 1970 ****
	Les étoiles du Pacifique 2183 **** & 2184 ****
CESBRON Gilbert	**Chiens perdus sans collier** 6 **
	C'est Mozart qu'on assassine 379 ***
CHASTENET Geneviève	**Marie-Louise** 2024 *****
CHAVELET É. & DANNE J. de	**Avenue Foch** 1949 ***
CHEDID Andrée	**La maison sans racines** 2065 **
CHOW CHING LIE	**Le palanquin des larmes** 859 ***
	Concerto du fleuve Jaune 1202 ***
CLANCIER Georges-Emmanuel	Le pain noir :
	1- Le pain noir 651 ***
	2- La fabrique du roi 652 ***
	3- Les drapeaux de la ville 653 ****
	4- La dernière saison 654 ****
CLAUDE Madame	**Le meilleur c'est l'autre** 2170 ***

CLAVEL Bernard	Lettre à un képi blanc 100 *
	Le tonnerre de Dieu 290 *
	Le voyage du père 300 *
	L'Espagnol 309 ****
	Malataverne 324 *
	L'hercule sur la place 333 ***
	Le tambour du bief 457 **
	Le massacre des innocents 474 *
	L'espion aux yeux verts 499 ***
	La grande patience :
	1- La maison des autres 522 ****
	2- Celui qui voulait voir la mer 523 ****
	3- Le coeur des vivants 524 ****
	4- Les fruits de l'hiver 525 ****
	Le Seigneur du Fleuve 590 ***
	Victoire au Mans 611 **
	Pirates du Rhône 658 **
	Le silence des armes 742 ***
	Tiennot 1099 **
	La bourrelle - L'Iroquoise 1164 **
	Les colonnes du ciel :
	1- La saison des loups 1235 ***
	2- La lumière du lac 1306 ****
	3- La femme de guerre 1356 ***
	4- Marie Bon Pain 1422 ***
	5- Compagnons du Nouveau Monde 1503 ***
	L'homme du Labrador 1566 **
	Terres de mémoire 1729 **
	Bernard Clavel, qui êtes-vous ? 1895 **
	Harricana 2153 ****
CLERC Michel	Les hommes mariés 2141 ***
COCTEAU Jean	Orphée 2172 **
COLETTE	Le blé en herbe 2 *
COLLINS Jackie	Les dessous de Hollywood 2234 **** & 2235 ****
CORMAN Avery	Kramer contre Kramer 1044 ***
DANA Jacqueline	L'été du diable 2064 ***
DARLAN Eva	Le Journal d'une chic fille 2211 ***
DAUDET Alphonse	Tartarin de Tarascon 34 *
	Lettres de mon moulin 844 *
DAVENAT Colette	Les émigrés du roi 2227 ******
DEFLANDRE Bernard	La soupe aux doryphores 2185 ****
DHÔTEL André	Le pays où l'on n'arrive jamais 61 **

DIDEROT	***Jacques le fataliste*** 2023 ***
DJIAN Philippe	***37°2 le matin*** 1951 ****
	Bleu comme l'enfer 1971 ****
	Zone érogène 2062 ****
	Maudit manège 2167 *****
DORIN Françoise	***Les lits à une place*** 1369 ****
	Les miroirs truqués 1519 ****
	Les jupes-culottes 1893 ****
DOS PASSOS John	***Les trois femmes de Jed Morris*** 1867 ****
DUMAS Alexandre	***La dame de Monsoreau*** 1841 *****
DUTOURD Jean	***Henri ou l'éducation nationale*** 1679 ***
DYE Dale A.	***Platoon*** 2201 ***
DZAGOYAN René	***Le système Aristote*** 1817 ****
EGAN Robert & Louise	***La petite boutique des horreurs*** 2202 *** illustré
EXBRAYAT Charles	***Le Château vert*** 2125 ****
FEUILLÈRE Edwige	***Moi, la Clairon*** 1802 **
FLAUBERT Gustave	***Madame Bovary*** 103 ***
FRANCOS Ania	***Sauve-toi, Lola !*** 1678 ****
FRISON-ROCHE	***La peau de bison*** 715 **
	La vallée sans hommes 775 ***
	Carnets sahariens 866 ***
	Premier de cordée 936 ***
	La grande crevasse 951 ***
	Retour à la montagne 960 ***
	La piste oubliée 1054 ***
	La Montagne aux Écritures 1064 ***
	Le rendez-vous d'Essendilène 1078 ***
	Le rapt 1181 ****
	Djebel Amour 1225 ****
	La dernière migration 1243 ****
	Peuples chasseurs de l'Arctique 1327 ****
	Les montagnards de la nuit 1442 ****
	Le versant du soleil 1451 **** & 1452 ****
	Nahanni 1579 ***
	L'esclave de Dieu 2236 ******
GALLO Max	*La baie des Anges :*
	1- La baie des Anges 860 ****
	2- Le palais des Fêtes 861 ****
	3- La promenade des Anglais 862 ****
GEDGE Pauline	***La dame du Nil*** 1223 *** & 1224 ***
	Les seigneurs de la lande 1345 **** & 1346 ****
	Les Enfants du Soleil 2182 *****

GERBER Alain	*Une rumeur d'éléphant* 1948 *****
	Le plaisir des sens 2158 ****
	Les heureux jours de Monsieur Ghichka 2252 **
GOES Albrecht	*Jusqu'à l'aube* 1940 ***
GRAY Martin	*Le livre de la vie* 839 **
	Les forces de la vie 840 **
	Le nouveau livre 1295 ****
GRÉGOIRE Menie	*Tournelune* 1654 ***
GROULT Flora	*Maxime ou la déchirure* 518 **
	Un seul ennui les jours raccourcissent 897 **
	Ni tout à fait la même, ni tout à fait une autre 1174 ***
	Une vie n'est pas assez 1450 ***
	Mémoires de moi 1567 **
	Le passé infini 1801 **
GUERDAN René	*François Ier* 1852 *****
GUIGNABODET Liliane	*Dessislava* 2265 ****
GUIMARAES Bernardo	*Isaura* 2200 **
GURGAND Marguerite	*Les demoiselles de Beaumoreau* 1282 ***
HALÉVY Ludovic	*L'abbé Constantin* 1928 **
HALEY Alex	*Racines* 968 **** & 969 ****
HAYDEN Torey L.	*L'enfant qui ne pleurait pas* 1606 ***
	Kevin le révolté 1711 ****
HÉBRARD Frédérique	*Un mari c'est un mari* 823 **
	La chambre de Goethe 1398 ***
	Un visage 1505 **
	La Citoyenne 2003 ***
HIRSCHFELD Burt	*Les maîtres de Dallas* 1387 ****
	Les hommes de Dallas 1550 ****
ISHERWOOD Christopher	*Adieu à Berlin (Cabaret)* 1213 ***
JAGGER Brenda	*Les chemins de Maison Haute* 1436 **** & 1437 ****
	Retour à Maison Haute 2169 *****
JEAN-CHARLES	*La foire aux cancres* 1669 **
	Tous des cancres 1909 **
JONG Erica	*Le complexe d'Icare* 816 ****
	La planche de salut 991 ****
	Fanny Troussecottes-Jones 1358 **** & 1359 ****
	Les parachutes d'Icare 2061 ******

2284
★★★

Impression Brodard et Taupin à La Flèche (Sarthe)
le 9 novembre 1987
1101-5 Dépôt légal novembre 1987. ISBN 2-277-22284-4
Imprimé en France
Editions J'ai lu
27, rue Cassette, 75006 Paris
diffusion France et étranger : Flammarion